SANS JAMAIS ATTEINDRE LE SOMMET

Paolo Cognetti, né à Milan en 1978, est l'auteur de plusieurs recueils de nouvelles dont *Sofia s'habille toujours en noir*, d'un guide littéraire de New York, *Carnets de New York*, et d'un carnet de montagne, *Le Garçon sauvage*. *Les Huit Montagnes*, son premier roman, a reçu le prix Médicis étranger, le prix François-Sommer et le prix Strega et a été traduit dans près de quarante langues.

Paru au Livre de Poche :

Les Huit Montagnes

PAOLO COGNETTI

Sans jamais atteindre le sommet

Voyage dans l'Himalaya

TRADUIT DE L'ITALIEN PAR ANITA ROCHEDY

STOCK

Titre original :

SENZA MAI ARRIVAGE IN CIMA
Viaggio in Himalaya

Publié aux éditions Giulio Einaudi,
Turin, 2018.

ISBN : 978-2-253-26210-7 – 1re publication LGF

Je voudrais être peintre
plus qu'artisan des mots
ce matin.
Dans la brume se détachent,
de leurs grandes embrassades moussues,
des rhododendrons géants.

Tiziano Terzani, *Un'idea di destino*

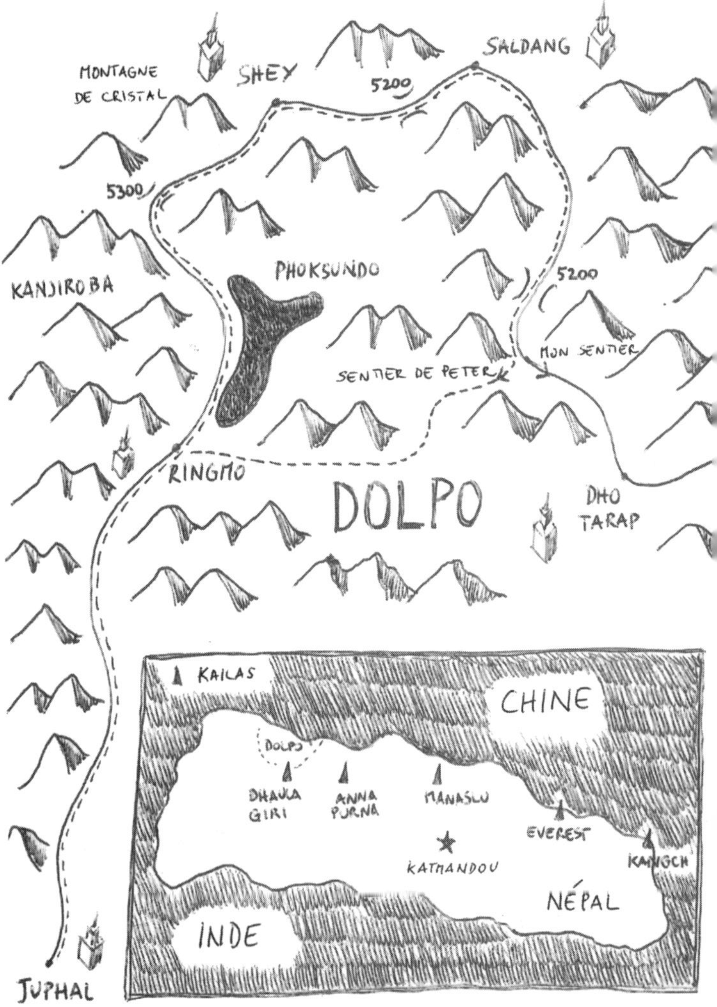

MONTAGNE
DE CRISTAL
SHEY
5200
SALDANG
5300
KANJIROBA
PHOKSUNDO
5200
MON SENTIER
SENTIER DE PETER
RINGMO
DOLPO
DHO
TARAP
KAILAS
CHINE
DOLPO
DHAULA
GIRI
ANNA
PURNA
MANASLU
EVEREST
KATHMANDOU
NÉPAL
INDE
JUPHAL

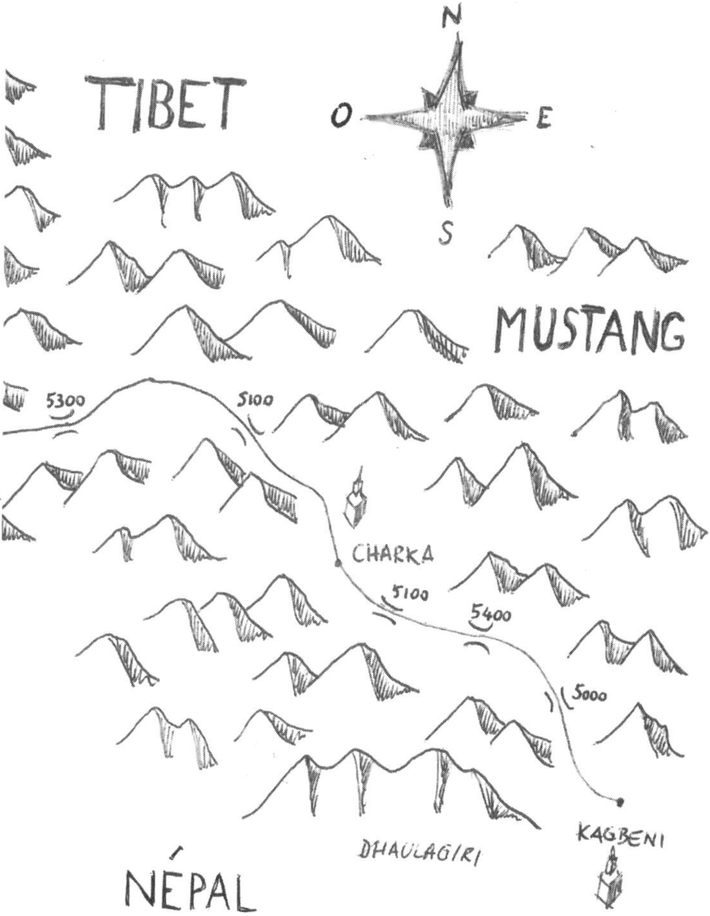

N
O
E
S
TIBET
MUSTANG
5300
5100
CHARKA
5100
5400
5000
DHAULAGIRI
KAGBENI
NÉPAL

C'est à la fin de 2017, et de ma quarantième année de vie, que je m'embarquai avec des amis pour la terre du Dolpo, une région située dans le nord-ouest du Népal où nous allions franchir des cols à plus de 5 000 mètres, en longeant à pied pendant près d'un mois la bordure tibétaine. Le Tibet était une destination impossible à atteindre, mais pas pour des questions de frontière : envahi par l'armée chinoise en 1950, dévasté entre les années soixante et soixante-dix par la furie de la Révolution culturelle, puis colonisé sans répit par la nouvelle Chine capitaliste, cet ancien royaume de moines, de marchands et de bergers nomades n'existait tout simplement plus.

Mais il restait, m'avait-on raconté, un petit Tibet en terre népalaise qui devait sa survie à un oubli de l'Histoire. Même sur les cartes le Dolpo a l'air d'une anomalie : là où le Népal politique, essentiellement cantonné au sud de la muraille himalayenne, la franchit et déborde sur l'immense aire géographique du plateau tibétain se trouve toute une région au-dessus de 4 000 mètres que ni les moussons ni les routes n'atteignent, la plus aride, la plus lointaine et la moins peuplée du pays. Je me disais que, là-haut, peut-être, je pourrais voir le Tibet qui n'existait plus, qu'aucun de nous ne pourra plus voir : tel était le voyage que je désirais pour mes quarante ans, idéal pour faire mes adieux à cet autre royaume perdu qu'est la jeunesse.

Mais ce n'était pas la seule raison pour laquelle je partais. L'autre, tout aussi importante, était la caravane dont je ferais partie. L'Himalaya n'est pas une terre où l'on s'aventure à la légère : pour parcourir des centaines de kilomètres de montagnes dépeuplées, il fallait une véritable expédition, avec des guides, des porteurs, des mulets de bât, un campement à monter chaque soir pour le démonter chaque matin, et des compagnons de route.

L'un des neuf qui partirent avec moi était Nicola, auquel me liait une amitié naissante. Nous venions à peine de nous rencontrer, avions le sentiment de nous ressembler et étions dans cette phase où tout, de l'un et de l'autre, reste à découvrir. Mais nous étions de l'avis que les amitiés ne sont pas des choses qu'on regarde arriver les bras croisés : il faut poser des fondations, construire, se lancer dans des entreprises mémorables pour l'avenir. Un jour de printemps, je lui avais donc parlé du Dolpo au téléphone et lui avais demandé :

« On y va ensemble ?

— D'accord », m'avait-il répondu. L'automne était arrivé et aucun de nous n'était revenu sur sa parole.

L'autre compagnon de route, c'était Remigio, l'ami le plus cher et le plus compliqué que j'avais à ce moment de ma vie. Notre amitié avait dix ans, et je n'avais jamais réussi à le faire sortir du village de montagne où il était né et avait grandi, et où j'étais allé habiter. Mon but n'était pas de l'arracher à sa terre, mais de partager avec lui quelque chose de différent : un lieu où nous serions les deux étrangers, la distance et l'exploration. Je l'avais travaillé au corps pendant des mois, j'avais usé de toutes les techniques de persuasion possibles, et n'avais récolté que doutes et revirements. Il y avait toujours un genou qui n'allait pas, l'argent qui manquait, ou encore la voiture qui faisait des siennes. Quand il se présenta à l'aéroport, je m'étais fait à l'idée qu'il ne viendrait plus.

« Alors comme ça, tu viens aussi ? demandai-je.

— Tu vois bien », répondit-il dans un haussement d'épaules.

Je savais qu'en montagne on marche seul même quand on marche avec quelqu'un, mais j'étais heureux de partager ma solitude avec ces compagnons de route.

Nous partîmes aux premiers jours d'octobre, quand sur les Alpes la neige se fait attendre, et débarquâmes dans une Katmandou chaude et poussiéreuse, à peine sortie de la mousson. Depuis ma dernière visite, la ville semblait s'être encore étendue dans son ample vallée : de nouvelles strates de périphéries, bidonvilles, quartiers résidentiels, chiens errants, singes, mendiants, vaches squelettiques au milieu de la route, enfants. Des temples hindous et bouddhistes de la place Durbar que le tremblement de terre avait mis à mal ou totalement détruits deux ans auparavant on pouvait encore voir les ruines et les étançons en bois soutenant les murs restés debout.

D'immenses pancartes annonçaient que le gouvernement chinois œuvrait à la reconstruction. La Chine ? Que venait faire la Chine sur la place la plus importante du Népal ?

Je traînais d'Italie une fièvre qui aggravait mon état de confusion, et quand une femme me convainquit d'acheter du lait en poudre pour son enfant, elle et son complice de vendeur me dépouillèrent de la quasi-totalité de mes roupies. Dans les ruelles, les bouchers exposaient des longes rouge mat, des têtes de chèvres sanguinolentes, et dans les petits temples aux coins des rues les dévots laissaient fleurs et fruits se décomposer. À Thamel, le quartier touristique où vaquaient les groupes d'Occidentaux en partance pour l'Everest ou en quête de la Katmandou des Beatles, nous fîmes nos derniers achats pour l'expédition dans un de ces commerces d'occasion, coupe-vent, pulls, chaussures de marche empilées sur les stands, autant d'objets que les clients offraient à leurs porteurs quand ils les voyaient en haute altitude en petite chemise et en sandales, et que ces derniers revendaient sitôt descendus. Nous vaquions au milieu de la poussière, des mains, des corps en sueur, des klaxons, de la pourriture qui dégoulinait le long de la route, et pourtant quelque chose dans cette ville ne cessait de m'émerveiller.

Les meilleurs bars étaient sur les terrasses aux derniers étages des immeubles, du haut desquels on avait l'illusion de s'élever au dessus des misères de l'humanité. Quand nous parlions de notre voyage devant une bière, nos yeux finissaient toujours par se tourner vers le nord : on ne voit pas l'Himalaya de

Katmandou, les montagnes qui ferment la vallée ne sont que collines et nuages, mais ça ne nous empêchait pas de l'imaginer et de trépigner d'impatience. Au bout de quelques jours, comme il arrive au Népal, nous n'eûmes plus le sentiment de perdre notre temps mais de devoir nous habituer à un temps qui s'écoulait autrement. Ce n'est qu'après avoir lâché prise qu'on entre dans le juste esprit du voyage. Un matin les autorisations de pénétrer dans le Dolpo arrivèrent, et nous pûmes enfin partir pour la montagne.

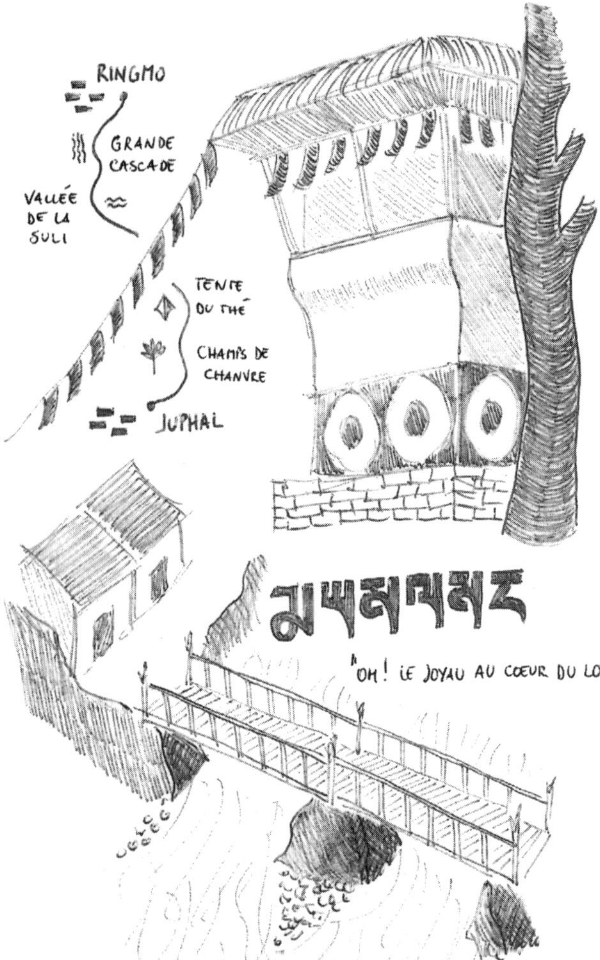
RINGMO
GRANDE CASCADE
VALLÉE DE LA SULI
TENTE DU THÉ
CHAMPS DE CHANVRE
JUPHAL
"OH! LE JOYAU AU COEUR DU LOTUS! HUM!"

I

Le long de la rivière

Dans le petit avion qui nous emmenait vers le nord, devant l'Himalaya émergeant au-dessus des nuages tropicaux opaques, me revint en mémoire un livre que j'avais reçu des mains de mon père à neuf ans et quelques, un jour de fièvre, et qui s'intitulait *Les Plus Belles Montagnes et les Plus Célèbres Courses.* En couverture, il y avait le mont Rose, la seule et unique montagne pour moi à cet âge-là. J'avais déjà goûté à la roche et au glacier, l'été, mais l'hiver, la montagne devenait un souvenir lointain, et je passai de longues heures dans mon lit avec ce gros livre de photographies couleurs, à soigner ma fièvre et ma nostalgie. Je contemplai les profils de l'Everest, du K2, du Nanga Parbat, je lus l'histoire des hommes qui en avaient fait l'ascension, j'appris par cœur les noms et les altitudes avec l'entêtement propre aux enfants, chez qui mémoriser relève de la magie, donne l'illusion de posséder. À l'époque, je rêvais de devenir alpiniste, lisais Messner et Bonatti comme Stevenson et Verne, et le Tibet et le Népal étaient des royaumes secrets, des îles au trésor.

Trente ans plus tard, j'étais encore capable de reconnaître la silhouette du Dhaulagiri, le plus occidental des 8 000 népalais. Notre frêle appareil volait bien plus bas, au ras des bouffées de nuages que le soleil irradiait, et le laissait derrière, obliquant à l'est. D'autres sommets obscurs se profilaient devant nous, une chaîne dans les 5 000 mètres : comme nous l'espérions, le brouillard allait buter contre ce mur. Sous les hélices, j'entrevoyais des lignes de crête effilées, des gorges tombant à pic dans les brumes du matin, des couloirs creusés par les éboulements de la saison des pluies. Je regardai Remigio, le nez collé au hublot, et crus savoir ce qu'il cherchait : un paysage qu'il aurait su lire, une écriture qu'il connaissait.

Depuis que j'étais allé vivre en montagne, j'avais commencé à m'intéresser plus aux vallées qu'aux sommets, et plus aux montagnards qu'aux alpinistes. J'aimais l'idée qu'un seul grand peuple habitait les hautes terres du monde, mais ça aussi, c'était une lubie romantique : dans les Alpes, nous étions devenus des citadins de l'immense mégalopole européenne ou d'une de ses banlieues forestières. Nous habitions, travaillions, voyagions, socialisions comme des urbains. Restait-il encore des montagnards ? Y avait-il quelque part sur cette terre une montagne authentique que la ville n'avait pas colonisée et qui avait conservé son intégrité de montagne ? C'est dans cet état d'esprit que j'étais parti au Népal quelques années plus tôt. J'avais visité les zones les plus fréquentées, pour finalement me rendre compte que dans l'Himalaya aussi la modernité déployait ses charmes : routes, moteurs, téléphones, énergie électrique, produits industriels, le sacro-saint confort tant désiré contre une culture d'un autre temps, pauvre et vouée à l'extinction – comme celle des Alpes. Je devais chercher mieux, aller plus loin.

Le pilote dont j'épiais les gestes vira délicatement, en se calant sur les lignes d'une vallée ensoleillée. Il visa une petite piste en terre battue, guère plus d'une centaine de mètres à mi-pente, et fondit sur elle. Il toucha le sol et freina d'une main assurée entre les maisons de Juphal, d'où partait le long sentier pour le nord : maisons basses en pierre, terrasses tout autour, la moisson qui en cette saison arrivait bientôt à sa fin. J'avais encore sur moi la sueur d'une matinée étouffante passée sous les tropiques, et au moment de descendre de l'avion je fus assailli par l'odeur de propre de la montagne. Le temps de récupérer mon sac à dos et le bimoteur était déjà parti.

Sete avait quarante-sept ans et était un Tamang du Népal oriental. De larges pommettes, des yeux fins, la peau brune, il chargeait sa hotte sur son dos depuis tout petit : après une carrière de cuisinier et de porteur de haute altitude qui l'avait amené à escalader l'Everest, le Makalu, le Cho Oyu, le Dhaulagiri, le Shishapangma, lui aussi, avec l'âge, avait fini par gagner la vallée. Il travaillait maintenant dans les refuges du mont Rose en été et en hiver, et comme guide en automne dans des expéditions exploratoires comme la nôtre. Il parlait italien, riait souvent. J'ignorais si c'était une joie innée chez lui ou bien une ficelle du métier, un moyen d'éviter les questions directes. À Juphal, cela faisait quelques jours qu'il s'activait pour constituer la caravane dont il ferait partie avec son frère, cinq jeunes hommes pour le campement et la cuisine, cinq autres pour l'entretien des bêtes et le transport, et vingt-cinq mulets de bât chargés de tout ce qui, pendant cette marche de près d'un mois, nous serait nécessaire. Avec nous dix qui arrivions des Alpes, cela faisait quarante-sept, animaux et hommes confondus. Les tentes, le matériel, les vivres, le pétrole lampant pour cuisiner, le fourrage des mulets et les bagages de chacun furent attachés aux bâts ; l'eau était la seule chose que nous ne prenions pas avec nous : trouver chaque soir un torrent et l'emplacement où dresser le camp était la mission de Sete, qui n'avait jamais mis les pieds dans le Dolpo mais regardait nos cartes d'un mauvais œil. Il préférait demander le chemin aux muletiers et aux paysans que nous croisions. À Juphal il faisait chaud, et je ne savais pas très bien ce qu'il fallait que je prenne dans mon sac et ce qui allait sur le mulet, aussi lui demandai-je quand le moment serait venu de passer à des vêtements plus épais.

« Plus haut, dit-il.

— C'est quoi que t'appelles *haut* ? »

Il m'indiqua vaguement une tache en forme de Y sur la carte que j'avais dépliée, le grand lac Phoksundo qui s'étend entre deux vallées.

« Et combien de jours il faut pour y arriver ?

— Peut-être bien quatre.

— Peut-être bien ? »

Je vérifiai l'altitude du lac : 3 600 mètres. Là où nous nous trouvions, à 2 500, on cultivait le maïs. En descendant de Juphal pour rejoindre le fond de la vallée, nous traversâmes des rizières, des terrasses où poussaient l'orge et le millet, des potagers abondants. Les maisons avaient un toit plat, en terre battue, sur lequel foin et piment séchaient. Une bonne partie de la vie du hameau semblait se dérouler là-haut, et elle était strictement féminine : les femmes plus jeunes battaient l'orge avec de longs bâtons, les plus âgées passaient les grains au tamis dans le vent, faisant voler les glumes ; en bas, dans un baquet de pierre, une fillette se lavait les cheveux avec l'eau de la lessive. Des courges jaunes tout en longueur, d'étranges petits pois dans une cosse couverte d'épines, même des grappes de tomates cerises peuplaient ce versant nu, où seul le cèdre de l'Himalaya, un conifère de l'aire africaine, projetait son ombre entre les potagers.

En regardant autour de moi, je pensais aux terrasses envahies de ronces, aux murets à sec écroulés, aux canaux d'irrigation engloutis par la forêt que j'avais l'habitude de côtoyer dans les Alpes ; à l'époque où notre montagne était aussi bien tenue et à celle où cette autre connaîtrait à son tour l'abandon. C'était une route, la piste que je voyais en contrebas ? Oui, c'était bel et bien une route en terre qui bordait la rivière, et au moment précis où nous débouchâmes dessus, une camionnette nous dépassa ; il y a quelques années encore, nous racontèrent-ils, ce n'était qu'un sentier muletier.

À ces mots, j'échangeai un regard avec Remigio. Il était né dans un hameau de montagne auquel on accédait à pied jusque dans les années soixante-dix, puis la route était arrivée et, année après année, il l'avait vu se vider de tous ses habitants. Un jour, il m'avait dit : quand on voit arriver la route, on se dit toujours que ça fera *venir*, et puis on comprend que c'est pour faire *partir*. Il observait deux ouvriers qui terrassaient la route, munis de pelles et de pioches. Il revivait, je crois, une scène de son enfance.

La caravane soulevait la poussière et la fraîcheur de la rivière plus bas commença à battre chez moi aussi le rappel des souvenirs : quand Sete décida de l'emplacement du camp, je fus le premier à enlever mes chaussures et à tremper les pieds dans les eaux tumultueuses de la Bheri Khola. Elle était trouble, d'un gris métallique qui rappelait le glacier.

« Elle vient d'où cette eau ? demandai-je.

— De la montagne.

— Laquelle ? Le Dhaulagiri ?

— Peut-être bien. »

Sete disait *peut-être bien* au lieu de *peut-être*, et cela donnait à ses réponses une étrange dimension oraculaire. J'avais étudié les cartes et savais où toutes les eaux, d'où qu'elles viennent, allaient finir : dans le lit de la rivière Karnali, qui trouve sa source au Tibet et se jette dans le Gange 700 kilomètres plus loin. Assis sur un rocher, au milieu des moucherons et des fougères, je me dis que j'avais les pieds dans les eaux du fleuve sacré.

« T'es déjà allé là-haut, toi, pas vrai ?

— Où ça ?

— Au sommet du Dhaulagiri.

— Oui, c'est vrai.

— Et comment c'était, tu te rappelles ?

— Long », répondit Sete, avant de filer dans la tente cuisine pour superviser la préparation du repas.

Je m'étendis au soleil pour sécher et sortis de mon sac à dos le livre que j'avais emporté. C'était *Le Léopard des neiges*[1], de Peter Matthiessen, paru en 1978 et encore en devanture de toutes les librairies de Katmandou, où des livres de poche froissés passaient de marcheur en marcheur. Ce livre n'était pas non plus étranger à mon voyage, il l'avait même quelque part inspiré, puisque je comptais refaire une bonne partie de l'itinéraire qui y était décrit. Coïncidence ou pas, nous étions de la même année, *Le Léopard* et moi ; j'entamais alors ma deuxième lecture.

Le peu que je savais de ce Peter me le rendait pour le moins sympathique : né en 1927 à New York, il avait fait partie de la seconde vague d'expatriés américains venus à Paris dans les années cinquante, émules moins chanceux de Hemingway et Fitzgerald. Lui aussi avait une jeune épouse, un appartement rive gauche, des carnets à noircir. Même s'il n'avait rien écrit d'inoubliable en France, il avait été l'un des fondateurs de la légendaire revue littéraire *The Paris Review* avant de rentrer au pays se consacrer à ses deux passions, les études naturalistes et l'exploration de la psyché. Incapable de se faire à la vie domestique, il avait très vite divorcé et s'était mis à voyager. Pendant les années soixante, il était devenu écologiste, avait arpenté l'Amérique latine et l'Asie du Sud-Est en long et en large, s'était rapproché des

1. Peter Matthiessen, *Le Léopard des neiges*, Paris, Gallimard, 1983, traduction de Suzanne Nétillard. Toutes les citations du livre sont tirées de cette édition.

cultures amérindiennes et, chemin faisant, avait expérimenté le peyotl, l'ayahuasca, la mescaline, puis, plus longuement, le LSD, rendant compte en détail de ses expériences. Comme d'autres, il avait fini par tomber dans l'héroïne. Les années soixante-dix, avec leurs belles promesses, l'avaient déçu, ou peut-être était-ce lui la cause de sa déception : il n'était plus tout jeune et prenait conscience qu'il n'avait pas fait grand-chose de sa vie. Il se lassa des hallucinogènes, se tourna vers la pratique bouddhiste. Continua d'écrire sans grands résultats.

Il s'agissait pour lui de la suite logique de sa recherche. Jusqu'au jour où sa seconde épouse, avec laquelle il se séparait et se remettait depuis quelques années, contracta un cancer au cerveau et mourut précipitamment. Peter se retrouva veuf, père d'un petit enfant, désemparé à plus d'un titre : la proposition d'un ami zoologiste s'apprêtant à partir pour le Népal afin d'y étudier le comportement des *bharals*, les moutons bleus de l'Himalaya, le sauva. Le but de l'expédition était Shey Gompa, le « Monastère de Cristal » au cœur du Dolpo, où la chasse avait été interdite par le lama local et où ces animaux sauvages proliféraient. Avec un peu de chance, ils pourraient peut-être approcher leur principal prédateur, le léopard des neiges, « le plus mystérieux de tous les grands félins » que nul n'avait encore jamais observé ou presque. N'était-ce pas là une occasion rêvée de prendre un nouveau départ, ou tout au moins une parfaite porte de sortie ? Peter confia son fils à un couple d'amis et partit. « C'était là un pèlerinage authentique, un voyage au cœur », écrivit-il, jusqu'à

« la dernière enclave de l'authentique culture tibétaine ». C'est par ces lignes et une carte dessinée à la main que commençait le carnet qui allait le rendre célèbre. Comme cela m'était déjà arrivé par le passé, j'avais découvert ce livre quelques années trop tard pour en rencontrer l'auteur : Peter était mort en 2014, il allait sur ses quatre-vingt-dix ans, un vieil homme grand et maigre aux traits marqués et aux yeux très clairs. Je les regardais sur un portrait en noir et blanc dont je me servais comme marque-page et ils m'impressionnaient par leur clarté, des yeux sans ombres et sans secrets.

Moi aussi j'aimais dessiner des cartes. Je comptais tenir un journal comme le sien, pendant nos haltes, dans un carnet noir que j'avais emporté, solide mais suffisamment souple pour tenir roulé dans ma poche. Je l'inaugurai ce soir-là. Je jetais les dernières notes du jour quand ils m'appelèrent pour manger : premier repas de riz et de lentilles dans la tente cantine, première nuit dans la petite canadienne. J'y entrai avec mon livre, mon stylo et mon carnet, dans le grondement de l'eau qui coulait à côté de ma tête.

Nicola était allongé dans son sac de couchage à côté de moi, une intimité à laquelle j'allais rapidement m'habituer. Du reste, nous n'arrêtions pas de nous trouver de surprenants points communs : non seulement nous étions nés à quelques heures de différence, mais la même coïncidence était arrivée à nos pères. Nous avions grandi à Milan (lui légèrement en dehors), passé un certain temps à New York (lui à Harlem, moi à Brooklyn), trouvé refuge dans une *baita* de montagne (lui en Valteline, moi en Vallée d'Aoste), tout cela sans jamais nous rencontrer jusqu'à l'année dernière, où nous nous étions tout de suite reconnus. Nous avions vécu des vies parallèles et nos échanges sous la tente pouvaient ressembler à ça :

« Tu te rappelles l'automne où Obama a été élu ?

— Bien sûr, ce soir-là, j'étais à un concert dans le Lower East Side, et le trompettiste noir jouait et pleurait en même temps.

— À Harlem, il y avait des femmes dans la rue qui prenaient les passants dans leurs bras, j'avais l'impression d'assister à une révolution.

— Et pourtant, ça n'a pas changé grand-chose, hein ?

— N'empêche, ça faisait plaisir à voir. »

Au fond, pensais-je, nous étions les Matthiessen de notre temps. C'est avec la même fascination et la même désillusion qu'il était revenu de Paris et nous de New York. J'avais écrit des histoires de marins assis sur un môle de Brooklyn, lui avait commencé à peindre des passants en regardant les boulevards de Harlem de sa fenêtre. Il s'était ensuite mis à représenter des montagnards, plus voûtés, toujours de dos, quand ils rentraient du champ avec leurs outils sur l'épaule.

« T'as envie de dormir ?

— Absolument pas.

— On se croirait dans ma baita, quand les soirées n'en finissent pas.

— Dans ma baita au moins j'ai de la grappa.

— Et moi du whisky.

— Tu nous lis quelque chose, dis ? »

Nous étions un peintre et un écrivain, et comme il était justement gaucher et moi droitier, c'est ainsi que nous nous étions assigné les côtés de la tente, histoire que notre main principale puisse prendre tout ce dont elle avait besoin. Dans mon cas, le livre que je lui lisais, le troisième quadragénaire de la caravane : « Écoute ça : "Je me demande si quelque part au monde il existe une rivière plus belle que la haute Suli Gad au début de l'automne. J'aperçois à travers la brume un esprit des eaux sous la forme d'un monumental rocher gris clair, poli par ses draperies d'eau blanche et, plus haut, le ruban d'une cascade qui descend de l'est le long d'une falaise à pic, rencontre le courant d'air qui remonte la gorge, et se change en brouillard avant de toucher le sol." » Au bout de quelques lignes, Nicola n'écoutait déjà plus. La prose lysergique de Peter l'endormait souvent sur le coup, je lui disais alors bonne nuit et poursuivais ma lecture en silence.

Peter avait utilisé un mot bien précis pour son voyage : « *gnaskor*, "se promener" : c'est ainsi qu'on appelle les pèlerinages au Tibet… » Dans toutes les cultures un pèlerinage est un cheminement de purification, mais dans le fait de se promener, de partir faire un tour, il n'y a pas de lieu d'arrivée, ce qui est pourtant fondamental dans les pèlerinages tels que nous les connaissons. Jérusalem, Rome, La Mecque : sans but, comment savoir si l'état de pureté est atteint ? Je rapprochais ce besoin de villes saintes de l'obsession que les alpinistes vouent aux cimes des montagnes : depuis tout petit, j'entendais le sommet servir de métaphore pour le paradis, et le mot *ascension* utilisé dans un sens spirituel. Je me souvins que le pèlerinage tibétain le plus important consiste à faire le tour du mont Kailas, qui est sacré dans cette culture. *Kora* en tibétain, *circumambulation* en français : les chrétiens plantent des croix au sommet des montagnes, les bouddhistes tracent des cercles à leur pied. À mes yeux il y avait de la violence dans le premier geste, de la bienveillance dans le second : un désir de conquête contre un autre de compréhension.

Mon pèlerinage débuta sur un pont suspendu, câbles d'acier tirés de part et d'autre de la rivière, par lequel on entrait dans la gorge de la Suli Gad, tournant le dos à la dernière route. Nous ne croiserions plus d'engins à moteur avant longtemps. Nous remontâmes une vallée étroite et aride, avec le torrent qui bouillonnait sous nos pieds et les gypaètes à la queue en forme de losange qui voltigeaient au-dessus de nos têtes, s'arrêtaient pour nous observer du haut des rochers. Quand la végétation réapparut, nous nous frayâmes un chemin entre de hautes plantes dont je mis un moment à reconnaître les feuilles. Leur parfum aussi m'était familier, était-ce possible ? Le chanvre poussait partout à la ronde et ses tiges, feuillues et luxuriantes, atteignaient des hauteurs inimaginables aux abords des étables hivernales que nous trouvions désertes, sur la terre amendée par les bouses du bétail. Visiblement, les mulets le broutaient volontiers. J'en arrachai une tête et la glissai dans la pochette de ma veste comme une fleur en boutonnière, en pensant à Peter et à la devise hippie que j'avais lue sur un tee-shirt de Katmandou :

NEVER
END
PEACE
AND
LOVE

« T'as vu ? me dit Remigio. Ils font les foins là-bas. »

Il me montra du doigt l'autre versant de la gorge où quelques femmes courbées travaillaient, de minuscules faucilles à la main. Nous aussi, nous en avions passé des heures au champ, entre la faucheuse, le tracteur, la botteleuse, les remorques remplies de foin instable sur lequel je m'asseyais pendant qu'il conduisait. Nous étions curieux de connaître la technique népalaise : ici, on charriait le foin dans des hottes, le long d'un sentier qui coupait la pente et disparaissait derrière une crête. Nous nous dîmes qu'il devait y avoir un hameau de l'autre côté, et nous aurions bien aimé savoir à quoi il ressemblait. Nous n'avions encore vu aucun homme, rien que des enfants très jeunes, à peine sortis du berceau : ils avaient formé une chaîne et se passaient un bidon d'eau que le premier avait rempli au torrent et que le dernier passait d'une mère à l'autre pour qu'elles aient à boire.

L'ombre de la forêt nous enveloppa comme une bénédiction. Le foin avait été mis à sécher sur les branches des cèdres et des pins, en de longues nattes qui pendaient comme des lianes. Je vis, peint sur une paroi rocheuse, le mantra *Om mani padme hum*, six symboles que j'avais appris à déchiffrer et un son que j'entendais parfois psalmodier. « Om ! Le joyau au cœur du lotus ! Hum ! », une phrase mystérieuse aux mille interprétations possibles qui parle de l'invisible caché à l'intérieur de ce que l'on voit. Dehors, il y a le lotus, la forme, le transitoire ; dedans, son joyau : la substance précieuse, ce qui reste. Que pouvait-il bien se cacher dans les nattes de foin ? Dans le vol des gypaètes, dans un poirier sauvage au beau milieu de la forêt ? Je lui pris un fruit dur et acerbe, le mâchai sans parvenir à l'avaler, et, en le recrachant, l'envie me vint de demander pardon à l'arbre.

L'après-midi, les mulets libérés de leur bât, et peut-être encore sous l'effet du chanvre, se roulèrent joyeusement sur le dos, s'ébrouèrent le ventre à l'air pour faire disparaître la gêne causée par leur chargement. J'observai les porteurs et les muletiers : de jeunes hommes de vingt ans qui portaient des jeans élimés, des chaussures en toile aux semelles fines ; sous leur hotte ils avaient des yeux curieux et des tentatives de coiffure à la mode. Ils dressèrent le camp non loin d'une bâtisse aux abords de laquelle il y avait une table, deux bancs, un tas de bouteilles vides, un séchoir qui me laissa penser que toute cette marijuana était un réconfort apprécié des habitants de la vallée ; moi, je préférais la bière et entrai voir s'ils en avaient une. Dans cette maison qui ressemblait à un commerce, ou qui était un peu les deux à la fois, une femme me demanda dans un anglais laborieux où nous allions.

« Phoksundo, répondis-je en montrant la fenêtre. Shey Gompa. La Montagne de Cristal.

— C'est loin », dit-elle en me tendant une bouteille de bière qui avait une marque en relief sur le verre et une autre imprimée sur l'étiquette. Une Heineken qui était devenue par je ne sais quel miracle une Everest. La femme se retint de poser la question qui s'ensuivait, à savoir pourquoi nous autres Occidentaux venions jusqu'ici pour vivre à la dure, dormir à même le sol, souffrir du froid et nous couvrir de poussière sinon pour fuir nos lits douillets et nos voitures rapides, mais je pouvais la lire sur son visage. Quand bien même j'aurais eu les mots, aurais-je trouvé quoi lui répondre ?

Au crépuscule, en sirotant mon Everest au bord du torrent, je découvris que Peter aussi avait fait une rencontre semblable. Sauf que, dans son cas, la question lui avait bien été posée : « Gêné, je haussai les épaules. Dire que je m'intéressais aux bharals, aux léopards des neiges ou même aux lamaseries reculées n'était pas répondre à sa question, bien que tout cela fût vrai ; parler de pèlerinage semblait prétentieux et vague et cependant, en un sens, c'était également vrai. J'avouai donc que je n'en savais rien. Comment aurais-je pu lui expliquer que je voulais pénétrer les secrets des montagnes, découvrir quelque chose d'inconnu [...] ? »

Je posai mon livre et observai la Suli Gad. Tandis que le soleil se couchait, une odeur de musc emplissait la vallée, charriée par l'eau. Même si tu ne sais pas ce que tu cherches, pensai-je, il n'y a pas meilleur chemin que le torrent : il t'indique toujours la direction, monte à sa propre source et plus tu le vois devenir limpide, plus tu sens que sa pureté approche, et la tienne avec. J'imaginai le grand lac Phoksundo refléter les glaciers dont il descendait. Je trempai une main dans l'eau glaciale et crus y voir une promesse de cette neige.

Il avait raison ce vieux hippie, moi non plus je n'avais jamais rien vu de comparable à la vallée de la Suli. Je marchais seul, croisais de temps à autre un compagnon, m'oubliais dans la contemplation de l'eau. Le long de la rivière, les formes me fascinaient tellement qu'il m'arrivait souvent de m'asseoir pour les dessiner : des cèdres de l'Himalaya, des pins qui ressemblaient à une variété de cembro, des bouleaux aux feuilles jaunies. Un petit pont fait de troncs enfoncés dans les berges et suspendus dans le vide, les piquets de la balustrade travaillés par un menuisier habile. Un tas de pierres *mani*, de gros cailloux comme on en trouve dans le lit des fleuves sur lesquels était gravé le mantra de protection d'un hameau (Sete nous conseilla de toujours contourner par la gauche les objets religieux de ce type, en respectant le sens horaire qui, dans le bouddhisme, régit l'univers). Les épis de maïs sur le toit d'une maison et une femme qui remuait l'orge fermenté dans un chaudron : elle en ferait du *chang*, un genre de bière épaisse, ou du *rakshi*, le distillat brut avec lequel les Népalais s'enivrent. Puis des étangs, des rapides, des rives de galets blancs, des îlots de fougères, des méandres de sable.

VUES DE LA SULI GAD

Deux femmes à dos de mulet me dépassèrent pendant que je dessinais. Je crus les entendre rire, ou peut-être était-ce un tour de l'eau, la joie d'une cascade. Peter : « Je regarde autour de moi : qui a parlé ? Et qui écoute ? Qui est ce "je" toujours présent qui n'est pas moi ? La voix d'un oiseau solitaire pose la même question. Ici, au cœur des secrets de la montagne, dans le rugissement du torrent, je me palpe pour m'assurer de ma réalité ; je prononce mon nom à haute voix et ne réponds pas. »

En remontant le torrent, je tombai sur une tente carrée, recouverte d'une toile militaire épaisse, avec quelques petites fenêtres et une ouverture au sommet d'où sortait un conduit de fumée noirci. Remigio était planté là, à m'attendre. À côté de la tente, un adolescent débitait un tronc de cèdre, un cheval attaché à un arbre chassait les mouches avec sa queue, un gamin au visage noir de suie nous dévisageait.

« C'est moi à sept ans, me dit Remigio.

— Tu faisais quoi à sept ans ?

— L'été je montais à l'alpage avec ma mère. On avait une étable et une salle commune pour manger et dormir. Dans les années soixante-dix, on voyait passer les premiers touristes sur le sentier. Ils s'intéressaient à nous, mais j'avais honte d'être tout le temps sale, et de la vie qu'on menait. »

Le gamin ignorait qu'il avait affaire à un alter ego du futur : Remigio lui sourit et il prit ses jambes à son cou. Quant à moi, je commençais à comprendre que ces montagnards étaient tout à la fois bergers et commerçants, aussi passai-je la tête dans l'ouverture de la tente pour savoir s'il était possible d'avoir du thé. Je ne m'étais pas trompé : une jeune femme nous fit nous installer sur des coussins autour du poêle, dans l'obscurité chaude et enfumée, et mit de l'eau sur le feu ; pendant que nous attendions je remarquai au-dessus de ma tête des bandelettes de viande qui séchaient sur un fil. À l'odeur, j'aurais dit que c'était de la chèvre. Casseroles, boîtes, sachets de riz, chiffons, bassines et tasses encombraient la moitié de la surface du sol.

« Tout par terre, comme dans la cuisine de ma mère », confirma Remigio.

J'étrennai mon misérable népali avec cette fille qui pouvait être la sœur du gamin, mais était plus vraisemblablement sa mère. Elle devait avoir la vingtaine. *Tato pani* : eau chaude. *Mito tsa* : bon ! *Didi* : fille. *Ramro didi* : jolie fille. Elle sourit et me versa une deuxième tasse de son thé noir au lait en poudre et à la fumée de genévrier.

La première neige apparut en fin d'après-midi, au fond d'une vallée latérale : un sommet des Kanjirobas, chaîne qui frôle les 7 000 mètres, irradiait au-dessus des versants qui étaient plongés dans la pénombre depuis que le soleil ne parvenait plus jusqu'à nous. Cela me rappela que les bois, les torrents, les vallées n'étaient qu'un avant-goût de ce qui nous attendait, et je me rembrunis. Je m'étais attardé sur le chemin pour écrire et dessiner, et c'est avec soulagement que je retrouvai mes compagnons. Notre rangée de petites tentes canadiennes était déjà plantée aux abords d'un village, les mulets paissaient et des cuisines émanait une odeur de soupe. Je m'assis à une table avec les autres, et pendant qu'ils bavardaient je contrôlai la carte : d'après elle, nous étions à Sanduwa, à 2 960 mètres.

« Tout va comme tu veux ? » me demanda Nicola, en me tendant une bière. Il s'en était trouvé une autre, de la pure Everest sortie tout droit de la réserve.

« Oui, oui, mentis-je.

— Demain ça va grimper, hein ?

— Dommage qu'on quitte la rivière.

— C'est vrai qu'elle était belle, cette rivière. »

Nous trinquâmes à la Suli Gad en faisant tinter nos bouteilles. Nicola avait remarqué que quelque chose clochait, mais je n'avais pas envie de me lancer dans des explications. De toute façon, il aurait tout le temps de comprendre par lui-même.

Je n'aurais jamais pu être alpiniste. Enfant, je compris très tôt que je ne supportais pas l'altitude, mon estomac était un altimètre impitoyable : il commençait à se révolter passé 3 000 mètres et ne me laissait plus en paix jusqu'au sommet, à 4 000, où j'arrivais dans un état second, souvent en vomissant, si bien que je passais à côté de tout ce que ces montagnes avaient de beau et ne gardais qu'un sentiment de conquête dans la douleur. Des années durant j'y retournai en espérant que le mal passe, et même si ça ne passait pas, je commençai à le maîtriser. Je savais à quelle hauteur il se manifestait, je compris que si je descendais il disparaissait. Il devint indissociable de ma façon d'aller en montagne, avec le mental qui insistait, qui cravachait, prenait le dessus, le corps qui s'exécutait à grand-peine et implorait de faire machine arrière, jusqu'au jour où j'en eus assez de cette lutte, poursuivre ce combat m'apparut comme une absurdité. L'alpinisme pouvait rester un rêve d'enfant. Si le glacier se refusait à moi, les prés et les bois m'accueilleraient toujours à bras ouverts. Cela faisait bien vingt ans que je n'avais plus franchi la barre des 3 000 mètres.

Jusqu'à ce que, après Sanduwa, la vallée bifurque : au nord-est le hameau de Murwa et les dernières terrasses cultivées, au nord-ouest un canyon profond dans lequel la Suli s'enfonçait. Je laissai les autres continuer et restai seul. Devant moi, passé le canyon, de hauts pinacles de terre rouge étaient surmontés de rochers en équilibre instable, et entre eux couraient les sillons dentelés de l'érosion ; l'eau sourdait de part et d'autre de la terre nue comme si elle refaisait surface après un éboulement. Ce devait vraiment être ça, le grand éboulement originel dont était né Phoksundo : là où la vallée se refermait, le sentier se faisait plus accidenté, grimpant pour la première fois après des journées passées à longer le torrent. Autour de moi, le bois à l'abri duquel j'étais resté jusque-là se résumait à des cèdres nains, buissons épineux, ronces de rosiers sauvages, genévriers gris de poussière.

Sur cette pente mon vieil altimètre reprit du service : 3300, 3400, 3500 mètres. Mes poumons sentirent l'air qui se raréfiait, mon cœur paniqué se mit à battre la chamade, mon estomac se contracta. Je ralentis le pas. Si j'ai du mal à 3500 mètres, pensai-je, comment ferai-je pour franchir les cols à 5 000 ? Je tentai tant bien que mal de ne pas penser à la suite, aux autres 1 000 et 2 000 mètres de dénivelé qui m'attendaient, et de me concentrer sur les pieds, les jambes, les poumons qu'il me fallait maîtriser pour ne pas risquer la suffocation, garder une respiration non pas haletante mais profonde et régulière. Quant à mon estomac, je ne pouvais avoir le dessus qu'en m'imposant le plus grand calme : ce n'était qu'une question de calme, le vrai contraire de la peur. Tout à ce travail intérieur, c'est à peine si je remarquai le moment où, dehors, le canyon finit, laissant apparaître la majestueuse cascade de la Suli Gad : l'eau explosait à mi-hauteur et se jetait dans le vide, blanche d'écume, puis continuait plus bas sa joyeuse course en direction du Gange lointain. J'aurais aimé puiser un peu de sa légèreté, m'imprégner de sa force pour les jours à venir.

Passé l'éboulis, le sentier entra dans une combe et s'adoucit. Le bruit de l'eau s'évanouit autour de moi et l'ombre des pins refit son apparition. Je vis de nouvelles montagnes à l'horizon, recouvertes de glaciers cette fois, et avec des prés encore verts à leur pied ; dans ces prés des taches noires clairsemées se promenaient, les premiers yacks de notre expédition. Comme je passe tous mes étés entouré d'alpages, la vue de ces bêtes au pré me rappela la maison. Et avec elles, le vert ténu de l'herbe, celui plus foncé des bois de cembro et la forme arrondie des sommets. Deux grands chörtens rouge et blanc, semblables à des pagodes de trois étages, servaient de porte à ce monde ; au moment de les franchir, je croisai une fille qui courait à toutes jambes. Moi, lent, pataud, concentré sur mon pas, elle si légère que le vent de la course lui ébouriffait les cheveux. Ils étaient longs et noirs, brillants, par-dessus un habit pourpre et une ceinture en laine brodée.

« *Namasté !* lui dis-je pour la saluer.

— *Tashi delek !* » répondit-elle. Moi en népali, elle en tibétain. À en juger par sa langue, sa tenue, ses ailes sous les pieds, ses traits mongols, la frontière était déjà derrière nous. Les deux chörtens se dressaient sur une butte et en les dépassant je vis, légèrement en descente, à l'autre bout de la combe, le bleu du lac Phoksundo. Pas le turquoise que j'avais lu mais le bleu pétrole de mon humeur, ou peut-être était-ce seulement le ciel qui se couvrait à nouveau.

Sete nous avait trouvé un gîte vers midi déjà. Après quelques nuits de bivouac, et au vu de toutes celles qui nous attendaient avec la terre du Dolpo sous le dos, nous n'étions pas mécontents de pouvoir dormir sur du moelleux et faire une bonne nuit de sommeil. Je passai donc l'après-midi à sortir de mon état brumeux et à flâner dans le hameau : je vis alors que Ringmo, plus qu'un hameau, était un village à part entière d'où partaient les caravanes pour le nord. Yacks, échoppes et marchandises étaient partout, comme les tissus de prières. J'observai les maisons carrées et plates, les murs de pierre, les petites fenêtres peintes en bleu, les tas de bois et les fagots de foin sur les toits. Un langage que je reconnaissais : dans les Alpes aussi, le bleu des fenêtres tient les mouches à distance, du moins c'est ce qu'on croit, et avec l'hiver qui arrive, le foin et le bois sont l'or des montagnards. Dans une cour, des menuisiers travaillaient des troncs de pin à l'aide de rabots primitifs, ils les équarrissaient pour en faire des poutres de construction. Une femme assise sous un portique filait de la laine de mouton machinalement : le fuseau dans la droite tournait, la laine dans la gauche se dévidait, les mains allaient sans qu'elle ait besoin de regarder ; semblables à celles du moine qui égrenait son chapelet pendant la *puja*, la cérémonie de bénédiction d'une nouvelle maison. Il s'en construisait trois dans le village. Le tenancier d'une échoppe m'expliqua qu'il ne s'agissait pas de maisons mais d'hôtels, et cette nouvelle avait beau ne rien me dire qui vaille, je les trouvais belles, toutes de bois et de pierre, avec leurs poutres et leurs tuiles façonnées à la main. De nouveaux hôtels naissaient du bois et de la roche, de vieux chörtens en ruine retournaient à la montagne. Même les escaliers qui menaient aux toits étaient creusés dans les troncs, comme des pirogues. Remigio et moi nous en approchâmes pour les étudier dans l'idée d'en construire un à notre retour. Le vent soufflait et sur chaque toit des drapeaux en loques flottaient.

« Tu la sens, toi, l'altitude ? lui demandai-je pendant que nous mesurions les escaliers avec nos mains.

— Je crois, oui. J'ai un peu mal à la tête », dit-il. Il avait beau être né à 1800 mètres, c'était la première fois qu'il montait aussi haut.

« N'oublie pas de boire beaucoup. De l'eau, du thé, de la soupe, bois même si tu n'as pas soif.

— Ça marche. »

Je voulais aller voir le lac et repoussai encore à plus tard le besoin de m'étendre au soleil et de dormir. En traversant un pont suspendu, je reconnus un rocher qu'avait décrit Peter, au beau milieu du torrent, *Om mani padme hum* peint dessus. Je n'en revenais pas qu'il soit encore là quarante ans après, mais le monastère qui tombait en ruine sur la berge en avait peut-être quatre cents. Un gardien de yacks qui somnolait dans les buissons ouvrit un œil pendant que je m'approchais de l'eau. Deux yeux de Bouddha sinueux, sensuels, peints sur la paroi d'un chörten, m'observaient aussi entre les arbres. Qui de nous trois regardait, qui était regardé ?

Je m'assis sous un genévrier qui ployait sous le poids de ses baies mûres et, sans raison, en cueillis une poignée, je les glissai dans ma poche en me disant que tôt ou tard je trouverais une explication à ce geste. De là où j'étais, le Phoksundo paraissait sans fin, s'étirait et partait de deux côtés, entre des parois rocheuses gigantesques. À en croire Peter, qui avait glané sur son passage les légendes locales, aucun poisson n'y avait jamais vécu, aucune barque n'y avait jamais creusé un sillon, ce qui le rendait encore plus lugubre à mes yeux : depuis toujours, autant les eaux tourbillonnantes des torrents me mettent du baume au cœur, autant celles immobiles des lacs de montagne m'angoissent. J'essayai de me réconcilier avec en en faisant quelques croquis dans mon carnet. Mon trait était hésitant, ma main tremblait, et tant pis si je n'étais pas fichu de dessiner correctement la branche d'un pin qui s'avançait et en frôlait la surface, les rochers qui affleuraient comme des archipels, le monastère en ruine. Je me fis la réflexion suivante : le lac, qui reflète toute chose, est fait de tout ce dont il est le miroir, comme moi à cet instant. C'est la seule ligne horizontale et droite là où tout est oblique, courbe, brisé, irrégulier : c'était peut-être ça qui me perturbait. Ou la nausée qui montait en moi et déformait mes pensées.

Je savais grâce à Peter que, chez les Tibétains, la montagne est peuplée d'esprits, non pas maléfiques mais sévères envers l'homme, et je devais avoir rencontré le mien : « Les obstacles au cours d'un voyage [...] sont l'œuvre des démons désireux d'éprouver la sincérité des pèlerins et d'éliminer les pusillanimes. » Je savais aussi que ce démon ne me lâcherait plus de toute l'expédition, et j'étais déterminé à lui démontrer ma sincérité.

Il y avait quelque chose d'étrange à se trouver à 3 600 mètres et à se dire que l'expédition ne faisait que commencer, mais la vallée que nous avions mis des jours à remonter était tout à coup oubliée, d'où j'étais on ne pouvait regarder qu'en haut. D'ouest en est, la combe était sertie d'une couronne de glaciers. J'avais le sentiment d'être arrivé à la porte d'un autre monde : je cherchai des yeux comment contourner le lac et trouvai un sentier creusé dans la roche qui grimpait le long du versant occidental, se hissait jusqu'à un promontoire, pour ensuite, pensai-je, redescendre sur quelque autre lieu que je ne pouvais voir, en direction de Shey Gompa et de la Montagne de Cristal. Là où seule arrivait l'imagination il y avait la route du lendemain.

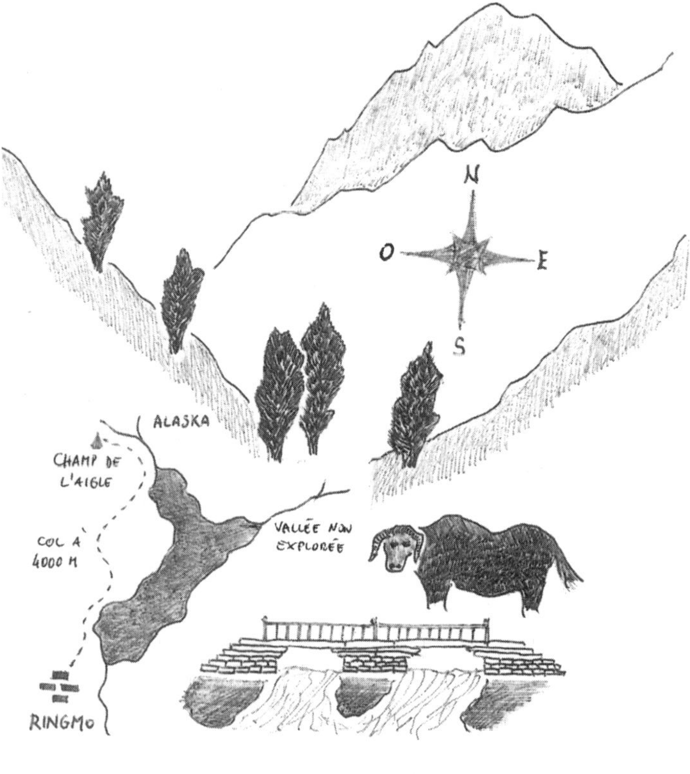
N
O
E
S
ALASKA
CHAMP DE
L'AIGLE
VALLÉE NON
EXPLORÉE
COL A
4000 M
RINGMO

II

Au pied de la montagne sacrée

Le matin où nous quittâmes les rives du lac, la caravane se remit en marche dans une grande solennité. Le cuisinier nous prépara des œufs, des *chapatis*, un dernier café, les porteurs chargèrent la vaisselle dans leur hotte et emballèrent les vivres dans des sacs de jute, les muletiers fixèrent tentes et bidons de pétrole lampant aux bâts. Ils contrôlèrent les nœuds à deux reprises, car ce jour-là perdre un chargement signifiait le laisser au fond du lac. Les mulets soufflèrent et firent des écarts, puis finirent, résignés, par se ranger derrière celui qui, adoubé de son masque et de sa houppe de crin doré, était le chef de troupeau.

Dans la nuit le vent s'était calmé. Un air humide qui ne promettait rien de bon stagnait à présent dans la combe. En remontant le promontoire nous nous retrouvâmes souvent à l'aplomb de l'eau, sur de larges corniches que Peter avait traversées à quatre pattes, ou collé à la paroi. Moi, le vertige, je ne connaissais pas. Au contraire, je prenais un malin plaisir à me pencher et à regarder en bas : par endroits le sentier passait au-dessus des murets de pierre ou de petits ponts en rondins, et nos mulets, les yeux rivés au sol, les naseaux dans la queue de celui de devant, formaient une longue file sur le flanc rocheux de la montagne. Nous grimpâmes jusqu'à 4 000 mètres et même là on pouvait encore faire une chute de 300 mètres et finir dans le lac ; de cette hauteur, je vis bien à quel point le Phoksundo, plus que la pierre précieuse des légendes, était un obstacle d'eau que la civilisation n'avait pas surmonté. Au sud les maisons, les étables, les champs et les prés de Ringmo, au nord deux bras de lac qui donnaient sur des vallées glaciales désertes, sillonnées de cours d'eau méandreux, tapissées de végétation.

Nous descendîmes sur le bras nord-ouest en passant à travers une forêt de bouleaux malingres et désormais jaunis. Nicola dit que leurs écorces racornies, leurs lambeaux agités par la brise, lui rappelaient les tissus de prières, comme si les arbres portaient eux aussi des signes de dévotion. Des rochers charriés là par les éboulis étaient allés s'encastrer à la base des troncs, les avaient marqués et blessés : les rochers, les plaies noires, les écorces blanchâtres donnaient au bois un air spectral, que j'attribuais au lac, comme le ciel lugubre du matin.

De retour sur la berge, nous trouvâmes les restes d'un grand feu et des déchets à moitié calcinés. Bois poli par l'eau et drossé par le courant, canettes vides, plastique, semelles. Contre une paroi rocheuse, un peu plus haut, des abris semblables à ceux des chèvres avaient été construits avec des pierres, elles aussi noires de fumée.

« Qui a campé là ? demandai-je à Sete.

— Des Tibétains, répondit-il.

— Des Tibétains du Tibet ou des Tibétains du Dolpo ? »

Il haussa les épaules. Pour le fier Népalais qu'il était il n'y avait pas de différence.

« Et où vont-ils ?

— À Shey. Pour la religion.

— Tu veux dire que c'est des pèlerins ?

— Peut-être bien », dit-il pour couper court à mes questions. Le mot *pèlerins* ne lui disait rien, et cette religion ne semblait pas non plus être la sienne.

Une vallée partait de cet endroit en faux plat, toute de graviers, d'arbustes de bouleaux et de saules, des ruisseaux limpides en creux qui formaient l'estuaire de la rivière ; ils se scindaient comme des vaisseaux capillaires, et le lac était l'organe qu'ils alimentaient. Peut-être à cause de la lumière perlée et de la pluie qui menaçait, le paysage devant moi m'apparut plus boréal qu'himalayen. Le mot *Alaska* me vint aux lèvres et je me demandai aussitôt d'où je le sortais, étant donné que je n'y avais jamais mis les pieds. Je découvrirais plus tard que je le tenais de Peter : mes pensées et les siennes commençaient à se confondre en une étrange sensation de *déjà-vu*[1].

Les bastions septentrionaux du Kanjiroba dominaient sur notre gauche tandis que nous nous éloignions du lac. Tout un versant de la montagne avait brûlé, au point qu'il ne restait plus de ce côté-là que des troncs noirs et rachitiques. Des langues de glacier grisâtres et des séracs instables s'étalaient le long des couloirs presque jusqu'à la ligne des arbres ; sur la bande d'herbe rase qui séparait le bois du glacier, des yacks à l'état sauvage paissaient, distants et immobiles. Nous en croisâmes d'autres, plus haut sur le chemin, et je m'arrêtai pour les observer de près. Les vaches auxquelles j'étais habitué restaient instinctivement en troupeau, leurs ancêtres au contraire semblaient plus enclins à la solitude : massifs, graves, avec cette bosse qui leur donnait un air de nostalgie préhistorique, le poil noir et épais pour parer au grand froid. Leur calme n'était pourtant qu'apparent. « Fais gaffe », me dit Remigio, en voyant un yack pointer ses cornes dans ma direction parce que je le rendais nerveux. Je le chassai d'un geste que j'avais vu Remigio faire devant des génisses trop agressives, celles qu'on croise en août, livrées à elles-mêmes sur les hauts pâturages : ça fonctionnait aussi pour les yacks.

Marcher librement nous manquait un peu à tous les deux ; une fois le camp dressé, nous décidâmes donc de partir à l'aventure. Il tombait quelques

1. En français dans le texte.

gouttes et la chaleur de l'après-midi faisait craquer des séracs sur le Kanjiroba. À une demi-heure de marche des tentes, la vallée se rétrécissait, perdait sa forme de toboggan glacial et se transformait en un canyon des plus beaux : avec l'eau qui coulait au fond, entre les bouleaux d'un jaune vif et les flancs rocheux rougeâtres qui montaient vers les glaciers. En contournant un mamelon pour observer la rivière j'effrayai quelque chose ou quelqu'un. J'entendis le cataclop d'une fuite, mon œil eut à peine le temps de saisir un mouvement, je fis un pas de côté pour voir entre les arbustes mais n'aperçus rien d'autre que des ombres déjà évanouies.

« C'était quoi, tu as vu ?

— Pas eu le temps.

— Un cul gris et une queue blanche ?

— Je crois bien. Ils ont dû descendre s'abreuver à la rivière.

— On les suit ?

— Moi, non. Je crois que je vais rentrer. »

Remigio n'était pas tranquille et me transmettait à moi aussi une certaine inquiétude. Ce devait être l'immensité qui nous écrasait : nous avions marché toute la journée sans croiser personne et avions le sentiment d'entrer dans un monde dont les dimensions nous étaient inconnues. Il remua quelque chose sous sa chaussure, c'était un crottin semblable à celui d'une chèvre. Je levai les yeux en direction des parois et me demandai combien de présences cachées là-haut nous observaient.

Sous une bâche tendue entre deux bouleaux je lus ce qui nous attendait. Le *gompa* de Shey, vers lequel nous nous dirigions, a été pendant des siècles le monastère le plus important du Dolpo, son centre spirituel. Il se dresse au pied de la Montagne de Cristal et est une destination de pèlerinage, ou plutôt des pèlerins de toute la région s'y rendent, généralement en été, pour accomplir le rite de la kora. La Montagne de Cristal, au sommet de laquelle il est interdit de monter, est à bien des égards la petite sœur de son frère tibétain plus célèbre : « Au-delà de la rivière Karnali », écrivit Peter, « au nord et à l'ouest, le plateau tibétain s'élève jusqu'au mont Kailas, la sainte montagne "Sumeru" ou "Meru" des hindouistes et des bouddhistes, demeure de Shiva et centre du monde ; du mont Kailas quatre grands fleuves, la Karnali, l'Indus, le Sutlej et le Brahmapoutre descendent en un grand mandala jusqu'aux mers de l'Inde. » Dans cette image, les quatre fleuves sont les rayons d'une roue dont le pivot est la montagne. Tourner autour de la montagne, flanc droit contre elle, lui reconnaît sa valeur d'axe de rotation : on fait partie de la roue, on entre dans la ronde ; la montagne est l'origine du monde comme elle est la source des fleuves. Bouddhisme ou pas, j'aimais qu'on puisse la penser ainsi.

Le col de Kang qu'il nous faudrait remonter d'ici quelques jours, en revanche, m'inquiétait. C'était la porte pour accéder à Shey et ma carte estimait son altitude à 5 350 mètres, Peter à 5 425. Il l'avait trouvé sous la neige, s'était perdu en cherchant le passage, avait dû camper dans le froid et se coltiner ses vivres après une mutinerie de ses porteurs. Il avait fini par franchir le col le dernier jour d'octobre, ce qui voulait dire que nous avions deux semaines d'avance sur lui. Je levai les yeux là où devaient plus ou moins se situer les 5 000 : sur les pierrailles trempées, après le crachin de l'après-midi, les nuages s'écartaient et un voile de neige fraîche fondait.

Le feu me manquait tellement ! Il y avait des branches de bouleau en pagaille autour du camp, mais pour lutter contre le déboisement incontrôlé, il était interdit de faire du feu dans toute la région, et contrairement aux pèlerins nous nous y tenions. Je m'emmitouflai dans ma veste et lus, encore, quelque chose à propos du mythe tibétain du *beyul*, une vallée secrète dont l'accès est gardé par de hauts cols, des tempêtes de neige et des bêtes féroces. D'après la croyance, il y en aurait plusieurs dans l'Himalaya : les sommets qui les enserrent en cachent la vue, les pentes qui y mènent sont jalonnées d'obstacles et fouettées par les avalanches, mais une fois là-bas, le climat est plus doux, des arbres fruitiers poussent, la terre est fertile et les torrents abondent. Comme dans les vallées perdues des légendes alpines, à ceci près que le beyul n'a rien à voir avec la nostalgie du passé mais est au contraire un espoir pour l'avenir. Il existe afin de *servir de refuge aux sages en temps de violence*. C'est pourquoi on en garde le secret, entre les murs des monastères et derrière le silence des lamas : c'est un abri antihumain qui permet d'échapper aux guerres et aux catastrophes écologiques, ou à toute autre arme que l'humanité inventera pour s'autodétruire. Ça aussi, je pouvais très bien le comprendre. Quiconque va à la montagne, pensai-je, le comprend.

Il y avait du remue-ménage du côté des porteurs et je fermai mon livre pour voir de quoi il retournait. Un jeune aigle – impossible de le confondre avec un autre rapace – avait atterri je ne sais comment au milieu des mulets. Les mulets s'étaient agités et les porteurs l'avaient encerclé, mais nous ne tardâmes pas à comprendre qu'il était blessé : l'aigle fuyait en courant sur ses pattes, il n'essayait même pas d'ouvrir ses ailes. Il alla se cacher sous un buisson d'églantier, d'où il nous fixait, bougeant la tête par saccades, les yeux révulsés.

L'excitation causée par cette visite avait aussitôt cédé le pas à la tristesse. Il semblait trop vieux pour être tombé du nid : que lui était-il donc arrivé ? Combien de temps un oiseau incapable de voler pouvait-il tenir dans un tel milieu ? Très vite, les porteurs l'abandonnèrent à son sort et reprirent leur travail. Je me retrouvai seul, à genoux, à l'observer. Peut-être étais-je conditionné par Peter, et l'obstination qu'il mettait à scruter l'invisible, mais ces jours-là, j'avais tendance à voir des signes partout et me demandais comment interpréter cet aigle blessé. Si c'était l'une des redoutables sentinelles de Shey, son agonie me semblait tristement en phase avec notre temps. Inutile d'envoyer des régiments d'envahisseurs, un renard suffirait à lui donner la mort.

L'aigle, lui, se serait bien passé de ma compagnie, ou peut-être préférait-il ne pas être vu dans cet état : il faut savoir tenir son rang, même pour monter à l'échafaud, ne pas se laisser prendre en pitié. Avec son port de tête noble, son pas maladroit, ses serres impropres à la marche, il me tourna le dos et s'éloigna en direction de la forêt, allant au-devant de son destin.

Nous ne redescendrions plus en dessous des 4 000 mètres avant longtemps. Je commençais à m'acclimater, mais je voyais bien que tout me demandait plus d'efforts que la normale. Se pencher, ouvrir la tente, entrer dedans, tirer le sac à dos à l'intérieur, tout cela suffisait à me mettre hors d'haleine, et il me fallait encore attendre une minute avant de pouvoir reprendre mon souffle. Ça ressemble peut-être à ça, la vieillesse ? me disais-je. Devoir économiser le moindre de ses gestes, dans un corps déjà fatigué d'être au monde ?

Nicola entra et s'allongea à côté de moi. À la tombée de la nuit, la température chutait et nous ne nous attardions guère, après dîner, à bavarder avec les autres ; nous buvions une dernière tasse de thé, disputions une partie de cartes, et étions dans nos sacs de couchage pas plus tard qu'à huit heures.

« Maison, dit-il, en contemplant le toit de la tente.

— Ça, une maison ?

— Oui, je l'aime déjà.

— Tu aimes notre tente ?

— C'est plus qu'une tente, c'est notre petite maison jaune. »

Voilà ce que fait le manque d'oxygène sur un artiste, pensai-je. Je pris *Le Léopard* et me plongeai dans la lecture, le laissant à son histoire d'amour avec une tente canadienne.

Quand le sentier se fit moins sûr, abandonna le fond glacial de la vallée et s'engouffra, à demi caché, entre les barres rocheuses, Sete envoya Lakba, le chef des muletiers, pour nous guider. Comme les autres caravaniers, il ne devait pas avoir plus de vingt-cinq ans. Il était né dans le Dolpo, habitait un hameau des alentours et, en suivant ses traces, je pus voir comment il marchait : il grimpait négligemment, en jean taille basse et baskets, sans la concentration que nous autres étions contraints d'y mettre. Il n'avait pas l'air mécontent de passer une journée loin des mulets, mais cela ne voulait pas dire pour autant qu'il prenait son nouveau rôle de guide très au sérieux. Malgré son indolence, son pas était plus rapide que le nôtre, et il lui arrivait parfois de s'asseoir pour nous regarder, étranges créatures concentrées, assommées, suréquipées, qui payaient pour s'échiner à traverser sa terre à pied. J'aurais aimé échanger avec lui des mots bien plus simples que ceux-là, mais il n'en parlait pas un d'anglais, aussi m'était-il impossible de lui demander s'il était heureux (non, j'apprendrais plus tard de la bouche de Sete que son père venait de mourir), si chez lui une famille l'attendait (oui, il était déjà marié et avait deux enfants), s'il aimait son travail (il pouvait en tout cas en vivre : c'était à lui maintenant qu'appartenaient les mulets). Mais surtout je lui aurais bien demandé s'il aimait la montagne, si cette montagne qui me mettait constamment en émoi lui faisait quelque chose à lui aussi, et il me sembla bien que oui lorsque, assis sur un bloc au soleil, je le vis contempler l'horizon au loin. Nous nous retrouvâmes côte à côte pour partager cette pause. Je lui offris une demi-tablette de chocolat qu'il accepta avec un sourire. Je lui tendis ma gourde et il but. Comment tu vas, Lakba ? À quoi tu penses ? Il me sourit à nouveau. Puis nous regardâmes les montagnes, sans hâte aucune que ce moment finisse.

Il faut croire que Lakba était un chaman, ou qu'à force de le regarder je réussis à sortir de mes pensées, toujours est-il que le démon me laissa tranquille et que, dans l'après-midi, j'arrivai en bonne forme à 4700 mètres, plus haut que n'importe quel sommet jamais atteint dans ma vie. À cette altitude, la gorge accidentée s'ouvrit en une combe aride, pierreuse, où des ruisseaux se rejoignaient pour former le torrent que nous avions remonté pendant des heures. Une pente terminale abrupte menait au col de Kang, quelque part au-dessus de nos têtes, et quand on se retournait on était saisis par le froid de l'immense paroi nord du Kanjiroba : lames d'un blanc brillant, séracs aux couleurs des nuages tempétueux, hauts glaciers suspendus, Himalaya (la bien nommée *demeure des neiges*).

COUCHER DE SOLEIL SUR LA FACE NORD DU KANJIROBA, À 4700 M.

Je me sentais bien et, pendant que les autres se reposaient, je partis faire un tour dans la combe.

Entre les petits ruisseaux poussait une herbe piquante, une mousse sous laquelle l'eau stagnait, et sur la terre sableuse s'étiolaient des edelweiss. Des edelweiss à 4700 mètres, 2000 mètres plus haut que dans les Alpes ! C'était aussi l'altitude des chamois et des bouquetins, chez nous, et je me mis instinctivement à les chercher lorsque j'entendis des pierres rouler au-dessus de moi. Je levai les yeux et reconnus les silhouettes de la veille, mais cette fois, je ne les mis pas en fuite : c'était une harde d'une vingtaine de femelles du bharal, des moutons bleus de l'Himalaya. Cela faisait un moment que je me demandais quand nous en verrions. Peter avait passé tout son séjour à Shey à les observer et, pendant son voyage, ils étaient devenus des présences bienveillantes, des compagnons de solitude. Ils avaient le poil ras, la robe d'un blanc cassé aux reflets argentés, un gabarit semblable à celui du chamois. Un seul mâle avec de grandes cornes recourbées était couché au milieu du troupeau, et me toisait d'égal à égal. Les femelles broutaient l'herbe sous une fine cascade, certaines avec un petit à leur côté, si tranquilles qu'après s'être brièvement montrées sur leurs gardes elles se remirent à leur aise pour brouter. Je m'assis moi aussi au milieu des edelweiss et partageai avec elles les derniers rayons du soleil. J'eus le sentiment d'être accueilli, accepté, par les moutons bleus, mais aussi par la montagne entière.

Je vis une caravane qui descendait du col de Kang, les premières personnes que nous rencontrions depuis le lac, mais plus que les hommes c'est le chien à leur suite qui attira mon attention. Sans doute parce que le mien me manquait et que je n'avais pas l'habitude d'être à la montagne sans lui. C'était un chien noir, un peu plus petit que Lucky, pareil à ceux que j'avais vus dans les villages plus bas, mi-mâtins, mi-chiens de berger, d'humeur égale comme tous les habitants de l'Himalaya.

En redescendant au camp, je découvris que c'était une femelle et qu'elle s'était attardée pour passer un peu de temps avec nous. Elle avait le poil incrusté de fumier et les crocs blancs d'un jeune animal, pas plus de deux ou trois ans. Elle aimait courir à droite à gauche et mordiller les mains que nous lui tendions. Pendant le repas, elle s'éloigna, et je regagnai ma tente en la croyant partie, mais plus tard, au beau milieu de la nuit, nous l'entendîmes qui aboyait quelque part dans le camp. Nicola aussi avait laissé un chien chez lui, et dans son sac de couchage il me dit :

« Qu'est-ce qu'elle a flairé pour hurler comme ça ?

— Des moutons bleus.

— Tu les as vus ?

— Il y en a toute une harde.

— Et ils ressemblent à quoi ?

— À des chamois. En plus clair, avec des cornes de bélier. Mais ils ne se sauvent pas, j'imagine que c'est parce qu'on approche de Shey.

— Et qu'est-ce que ça change d'être à Shey ?

— La chasse y est interdite. »

Mais il ne pensait pas aux moutons bleus, lui. Je l'entendais s'agiter dans le noir, incapable de trouver le sommeil. Au bout d'un moment, il m'avoua :

« Macchia me manque. Qui sait comment elle va.

— Elle va bien, et je suis certain qu'elle rêve de toi. Dors !

— C'est qu'elle craint les gens, tu sais. Elle ne veut jamais que je la confie à quelqu'un d'autre.

— Je sais. »

Lucky, par contre, allait avec tout le monde, au point que je ne savais jamais si je lui manquais ou non. La chienne aboyait comme si elle devait défendre le camp à elle toute seule. Nous restâmes à l'écouter et à penser à nos chiens tandis que le sommeil ne venait pas.

À l'aube, la chienne était toujours parmi nous. Au lieu de descendre dans la vallée, elle nous suivait sur le chemin du col, j'en déduisis qu'elle s'était échappée et rentrait maintenant chez elle, et que, peut-être, de l'autre côté, nous saurions qui était son maître. En attendant, puisqu'un chien sans nom est comme un chien à trois pattes ou sans queue, Nicola et moi décidâmes de lui en donner un ne serait-ce que pour un jour ; et comme nous l'avions rencontrée au pied de la grande montagne, nous fûmes tout de suite d'accord de la baptiser Kanjiroba. C'était un nom élégant qui nous semblait sonner bien pour une femelle tibétaine. « Kanjiroba ! Kanji ! » l'appelions-nous pour qu'elle s'habitue. Elle trottait de l'un à l'autre, indifférente à cette histoire de nom, et s'en alla peu après courir aux trousses de moutons bleus lointains, révélant ainsi ses instincts de chasseuse.

Le reste de la matinée, j'avais d'autres choses à penser et la perdis de vue. La montée jusqu'au Kang balaya toutes mes illusions d'acclimatation. J'étais bien parti, plein d'allant et même de bonne humeur, mais autour de 5 000 mètres le démon revint me tourmenter. Sur la pente, mes jambes commencèrent à accuser le coup : chaque pied mis devant l'autre me demandait un effort de volonté et je devais m'arrêter tous les quatre à cinq pas pour reprendre mon souffle, mais, plié en deux à chercher l'air, j'avais l'impression d'asphyxier. Je fixais mes chaussures poussiéreuses et mon ombre pliée en deux sur le terrain, puis je levais les yeux et voyais mes amis, de plus en plus loin.

Lakba finit par me rejoindre, et au moment de me dépasser il comprit dans quel état j'étais. Suis-moi, me fit-il signe. D'accord, répondis-je. Je le suivis pas à pas, sans décoller mes yeux de ses pieds, et en m'en remettant à son rythme, lent mais constant, un rythme mesuré exprès pour me traîner jusqu'en haut. Voulait-il me remercier pour le chocolat de la veille ? Ou étions-nous devenus amis depuis que nous avions contemplé les montagnes assis l'un à côté de l'autre ? En dessous du col, je le vis se baisser pour ramasser une pierre, et je fis de même. Après toute la peine que je m'étais donnée, le passage tant redouté du Kang se révéla une inoffensive selle couverte de cailloux. Là-haut, au milieu des drapeaux de prières entremêlés, Lakba déposa sa pierre sur un tas d'autres pareilles à la sienne. « *Ki, ki, so, so* », murmura-t-il. Je connaissais ce mantra : *ki*, c'est le cri de l'aigle et donc du vent, *so*, c'est le souffle profond de la terre ; le col est le lieu où les esprits du vent et de la terre s'affrontent, et lorsque nous arrivons là-haut, nous déposons une offrande pour qu'ils s'apaisent et nous laissent passer. J'ajoutai moi aussi ma pierre à l'édifice, mais sans un mot. Lakba était déjà retourné à ses mulets.

À la descente, je libérai mes jambes, heureuses de perdre de l'altitude et que mon sang retrouve de l'oxygène. Un peu plus et je me mettais à courir. Au bout de deux ou trois heures de légèreté retrouvée, Shey m'apparut : une combe de pâturages encore très verts, en octobre et à 4200 mètres, à la jonction de deux torrents. Celui que Peter appelait la *rivière noire*, tumultueux et débordant, que j'avais suivi en partant du sud, et la placide *rivière blanche*, venue de l'est, qui s'unissait à lui. À l'autre bout de la combe, près d'un petit pont en bois, deux tentes de bergers avaient été plantées autour desquelles des veaux de yacks paissaient, mais je voyais aux grands enclos de pierre, aux trous dans le terrain à quel point la prairie était fréquentée en été ; de l'autre côté du petit pont, sur une hauteur tournée vers le sud, les bâtiments du monastère ressortaient sous le soleil. La position dominante, le rouge des murs, les drapeaux qui flottaient sur les toits donnaient au gompa des allures de forteresse.

Passant devant l'une des tentes, je retrouvai Kanjiroba en train de jouer avec une fillette d'une dizaine d'années, pendant qu'un gamin de trois ou quatre ans essayait tant bien que mal de les suivre. Tous deux avec la tunique pourpre et la ceinture aux rayures colorées, le visage barbouillé de terre et de suie, la beauté des traits tibétains. La mère, assise à l'extérieur de la tente, filait de la laine de yack. Il y avait six moulins à prières près de la rivière noire, mais le canal censé les alimenter était à sec : en automne, il n'y avait pas assez d'eau pour faire tourner les roues des moulins, des cylindres sur lesquels on pouvait lire le mantra *Om mani padme hum*. J'aurais voulu les voir au printemps. J'aimais penser que c'était le torrent qui priait, et qu'autour, comme si de rien n'était, le bétail paissait et les enfants jouaient.

Je traversai le petit pont et montai en direction du gompa composé d'un impressionnant *stûpa* tibétain, de cahutes à l'air abandonné, du monastère à proprement parler et, derrière lui, d'une grande esplanade carrée, un terrain de 10 mètres sur 10. Fermé par de hauts murs de pierre, on aurait dit l'un de nos cimetières. Il n'y avait personne à la ronde : ni moines, ni pèlerins, ni bergers. Je remis mon exploration à plus tard, j'aurais tout le temps de me promener dans les parages et cette petite grimpette avait ravivé dans mes jambes les douleurs du Kang. Je laissai tomber mon sac à dos, m'allongeai dans le pré et peu après m'endormis au soleil.

Nous fîmes halte à Shey pendant deux jours durant lesquels je noircis mon carnet de croquis et de notes. Peter en avait passé vingt à observer les moutons bleus et à suivre les traces du léopard des neiges, visiter les ermitages alentour, interroger les moines qu'il rencontrait. Le léopard ne s'était jamais montré mais Peter avait fini par trouver un sens à cette attente, comme si rester sur place en attendant que quelque chose arrive était une forme de méditation. Il avait installé un petit bouddha en terre cuite à l'extérieur de sa tente. Il s'asseyait devant chaque matin, à l'aube, « heureux et triste dans ma vague conviction que je suis chez moi dans ces montagnes ». C'est la première fois dans ses pages qu'apparaissent l'expression *chez moi*, la nostalgie d'un lieu mal défini. Ces jours-là, il écrivit aussi sur sa pratique bouddhiste : « Rentrer chez moi, tel est le but de ma démarche. » Il pensait parfois à son fils, et cette pensée lui rappelait qu'à l'autre bout du monde c'était bientôt Noël. Il s'agissait de comprendre où était ce *chez moi* où rentrer.

LE GRAND STÛPA DE SHEY

Il y avait quelque chose de miraculeux à n'avoir qu'à lever les yeux de son journal pour retrouver une à une les choses qu'il avait décrites. Pour Shey, ces quarante années étaient passées en un clin d'œil. Pas de découvertes ou d'inventions, pas de guerres, de révolutions, de jeunesses en rébellion, pas d'effondrements d'empires ou d'idéologies, pas de musique et de littérature : rien de ce qui avait marqué le cours de ma vie n'avait laissé de traces dans cette vallée. L'étrange terrain derrière le gompa n'était pas un cimetière mais le plus grand champ de pierres de prières que Peter avait vu de sa vie : les murs eux-mêmes, longs de soixante pas chacun, étaient faits de ces pierres. J'escaladai pour voir ce qu'il y avait derrière et découvris que toute l'esplanade en était couverte, et les pierres gris-bleu, larges et plates, polies par les eaux et apportées siècle après siècle par les pèlerins, formaient des tas plus hauts qu'un homme. Beaucoup portaient le mantra *Om mani padme hum*, parfois entouré d'un dessin qui ressemblait à la corolle d'une fleur. Ce doit être le lotus, pensai-je. Om ! Le joyau au cœur du lotus ! Hum !

J'essayais de deviner combien de pierres il pouvait y avoir lorsque j'entendis cette même litanie, murmurée par un moine qui, au lieu de me faire des reproches, me sourit, radieux. Je sautai du mur pour le saluer, mais il ne pouvait pas s'arrêter et me fit signe de le suivre. Il était en train de faire sa promenade, sa kora de l'après-midi autour du champ de prières : dans la main gauche il égrenait un chapelet, et dans la droite il faisait tourner une roue à prières, un cylindre avec un manche pareil à un tambourin.

En marchant derrière lui, je passai entre les cahutes rouges, certaines avec le toit défoncé, adossées les unes contre les autres au-dessus du monastère, sans surprendre de signe de vie derrière les fenêtres et dans les cours. Des lambeaux de tissu flottaient, accrochés à tous les murs, et une volée de pigeons sauvages dessinait de grands ronds dans le ciel, en respectant le sens horaire auquel nous nous tenions également.

Je suivis le moine jusqu'à l'entrée du gompa : devant la grande porte fermée, il y avait un grabat de couvertures ; il posa sa roue à prières à côté mais garda son chapelet. S'il dort à la belle étoile, pensai-je, sur le seuil du monastère, c'est qu'il doit être une sorte de gardien. Il ne répondit pas aux deux trois mots avec lesquels je tentai un début de conversation. Il regardait avec curiosité mes boucles d'oreilles en argent, moi c'étaient les siennes qui m'intriguaient : corail et turquoise, les pierres précieuses tibétaines, tenues par un fil de fer enfilé dans le lobe. Elles te plaisent ? mimai-je. On échange ? Il sourit de nouveau, laissant voir des dents d'ivoire et les belles rides d'un homme heureux, que seuls les années et le soleil avaient marqué.

À mon retour, je trouvai le camp en pleine activité : pendant que mes compagnons buvaient leur thé, les porteurs se lavaient les cheveux entre eux. Ils puisaient de l'eau au torrent, la faisaient chauffer sur le réchaud à pétrole, la versaient l'un sur la tête savonnée de l'autre. Ils n'avaient pas l'air de pâtir du froid ou de la fatigue de la journée, mais plutôt de se préparer pour une soirée mondaine. Puis ils fumèrent, et je vis l'un d'eux singer un ballet pour faire rire les autres, la cigarette entre les lèvres, les hanches qui ondulaient sur un rythme imaginaire, jusqu'à ce que Sete les rappelle à l'ordre et les envoie peler des pommes de terre.

Je sortis une gourde spéciale de mon sac et m'assis devant la tente pour profiter des derniers rayons du soleil. Plus bas, dans la combe, un convoi de bois de construction avait tout juste fait son entrée, des poutres carrées comme j'en avais vu à Ringmo. Les yacks en venaient peut-être : s'ils vont à l'ouest, pensai-je, c'est sans doute qu'ils rejoignent la frontière. C'est par cette même route, autrefois, que passait le sel du Tibet que l'on troquait contre le thé et le riz des plaines indiennes ; c'était maintenant de la Chine que le thé et le riz arrivaient, mais le bois népalais restait un bien précieux sur les plateaux. Chaque yack avait les flancs lestés de deux poutres que les caravaniers leur enlevaient pour la nuit. C'étaient des hommes fatigués, couverts de poussière, aux gestes rudes de ceux qui travaillent avec le bétail. Kanjiroba aboyait après les yacks qui allaient trop près des clôtures et c'était le seul bruit qui me parvenait, retardé par la distance, amplifié par l'écho.

À quoi tenait l'harmonie que je percevais distinctement dans ce paysage ? Peut-être aux proportions entre les montagnes, ou aux deux rivières devant moi qui se rejoignaient pour n'en faire plus qu'une ? Je me rendis alors compte que la combe était une sorte de méridien : la rivière blanche indiquait l'est, la rivière noire le sud, et celle qu'elles formaient ensemble l'ouest, si bien que le lever et le coucher du soleil se retrouvaient alignés sur la vallée, et que l'astre, en reliant ces deux points, dessinait un cercle autour de la Montagne de Cristal. La montagne en elle-même n'avait rien de particulier : c'était un trapèze de roche rougeâtre dressé contre le ciel qui fonçait de plus en plus.

« Pourquoi la Montagne de Cristal est sacrée ? demandai-je à Sete qui, une fois n'est pas coutume, s'accordait un moment de répit.

— Parce qu'on voit le Kailas du sommet.

— Quoi ?

— C'est ce qu'on dit.

— Mais c'est pas interdit de monter là-haut ?

— Si, puisque la montagne est sacrée. »

Je le regardai et il me rendit mon regard, comme quand on a affaire à un élève un peu dur à la détente. On aurait dit un des casse-tête sur lesquels les disciples bouddhistes méditent pour dépasser la compréhension rationnelle et atteindre l'intuition. Le *koan* que Sete m'avait assigné faisait donc :

Qui a vu le mont Kailas
du haut de la cime inviolée
de la Montagne de Cristal ?

Je décidai de prendre une bière pour y réfléchir. Nicola vint s'asseoir à côté de moi et je lui dis : « Il manquerait plus qu'un petit verre pour que ce soit parfait.

— Tu l'as dit !

— Goûte ça. »

Je lui passai ma gourde spéciale : c'était du whisky écossais tourbé et d'un âge certain que j'avais jalousement gardé pour pouvoir l'ouvrir à Shey. Il lui suffit de dévisser le bouchon et de le renifler pour lever les yeux au ciel. Il alla chercher deux tasses dans la tente cuisine. Nous versâmes le whisky dedans, avec pour ma part une goutte d'eau de l'Himalaya. Je trouverai difficilement meilleur breuvage dans ma vie.

Le lendemain matin, les rivières étaient voilées de glace, la caravane de bois avait levé le camp. Une femme ramassait les bouses des yacks et les jetait contre les murets entourant le pâturage : une fois qu'elles auraient séché, elles tomberaient à terre et pourraient passer au feu. Je voulais aller voir un ermitage dans les parages et, accompagné de Nicola et Remigio, j'empruntai le sentier qui allait à l'ouest et prenait de la hauteur à mesure que la vallée devenait inhospitalière et ses versants escarpés. Passé une dernière ligne de faîte, Tsakang se dressa devant nous : quatre monuments perchés sur une vire à pic au-dessus de la rivière. Le dernier tronçon avait été taillé à même la roche et ça paraissait de la folie d'avoir pu imaginer vivre au bord d'un tel précipice, mais pour les Tibétains, c'était justement ce qui donnait sa valeur à l'ermitage : la proximité avec le vent, l'emplacement en plein soleil, le bouillonnement de l'eau sous les pieds, la Montagne de Cristal qui, dans cette matinée lumineuse, « voguait haut dans le ciel ». En nous rapprochant, nous vîmes que même cette étroite corniche avait été patiemment travaillée, et de minuscules terrasses cultivées avaient été arrachées à la roche.

« Des patates, dit Remigio, qui avait mangé des pommes de terre montagnardes toute sa vie. Ils vont pas tarder à les déterrer. »

Je fis tourner la roue à prières qui grinçait dans un recoin du mur. À côté, je découvris une petite réserve de racines de genévrier et un tas de bouses de yacks plus conséquent. C'étaient les deux combustibles de l'ermitage : le bois servait à allumer le feu et les bouses à l'alimenter. En suivant un tuyau noir qui longeait les potagers, je remontai le système de terrasses jusqu'à une cavité de la paroi rocheuse, pas assez profonde pour pouvoir parler de grotte, mais suffisamment large pour que j'y entre à quatre pattes. La roche était humide, là-dedans, et au fond de la cavité je trouvai non pas vraiment une source mais une veine d'eau qui recueillait le ruissellement de la paroi. À côté, il y avait une louche, un seau, un bouddha miniature en terre cuite et des offrandes de fleurs fanées qui donnaient à cette grotte des airs de chapelle, et à la veine ceux d'un bénitier. Je me rappelai alors les baies de genévrier que j'avais cueillies sur la rive du Phoksundo. Je pensai à ce lac infini et à celui, minuscule, que j'avais devant moi. Les baies étaient toujours au fond de ma poche : je les y repêchai et les déposai le long de la veine, à côté des fleurs fanées. Puis trempai deux doigts dans l'eau et mouillai mes paupières et mes lèvres que le soleil, ces jours-là, mettait à rude épreuve. La nuit, je passais la langue dessus, leur relief était étrange mais je n'avais pas de miroir pour constater les dégâts. Mes yeux, par contre, allaient bien. En les baignant, je pensai : faites que je sache bien regarder et que je trouve les mots pour raconter ce que j'ai vu.

« Il y a des gens qui arrivent », dit Nicola. Un homme et une femme montaient à Tsakang par un autre sentier. La femme, plus âgée, portait sur son dos un fagot de racines de genévrier qui tenait par une ficelle. L'homme, un moine au visage rond, la tunique rouge, le crâne rasé, nous invita à le suivre dans l'un des édifices. Nous entrâmes par une petite porte en bois puis montâmes quelques marches jusqu'à un vestibule séparant deux pièces : une cuisine austère, avec un poêle au milieu et deux trois planches aux murs, et une salle de prière pleine de tissus colorés, de coussins, de bougies, de livres sacrés qui s'entassaient sur des étagères d'un bois sans âge. Une lampe à beurre éclairait un portrait du dalaï-lama déchiré dans quelque journal. Venez, venez, nous fit signe le moine, asseyez-vous, asseyez-vous.

Il nous montra comment croiser les jambes et joindre le pouce à l'index, s'assit entre un grand tambour suspendu au plafond et la fenêtre ouverte sur le précipice, posa une peau de mouton sur ses épaules. Puis il commença à réciter. Je n'ai jamais été gêné par les prières des autres, au contraire, elles m'inspirent un grand calme. Remigio était resté dehors. Je regardai Nicola, qui acquiesça avec un sourire. Je fermai les yeux pour me concentrer sur le murmure du moine et reconnus l'odeur d'encens, de cuir, du beurre de yack qui brûlait dans la lampe, de la montagne qui entrait par la petite fenêtre. Herbes jaunies, humidité nocturne devenue vapeur d'eau, roche tiédie au soleil, matin. Même dans un endroit aussi ancien que celui-là, la montagne avait toujours une odeur nouvelle. « Dans une autre vie », avait écrit Peter, « j'ai habité ces montagnes ; une connaissance oubliée remonte en moi comme une source jaillissant de nappes souterraines. »

Un coup de tambour me fit ouvrir les yeux, un battement avec lequel quelques membranes en moi entrèrent en vibration. Le moine en produisit une série, il utilisait une barre de fer recourbée avec une boule de cuir fixée au bout : *boum*, *boum*, *boum*, chaque coup résonnait au fond de mon ventre, et puis le rite prit fin. Près de la photo du dalaï-lama était posée une caissette pour les donations et c'est avec plaisir que nous y laissâmes nos roupies.

Dans la cuisine, la femme avait allumé le poêle et faisait bouillir l'eau du thé. Elle le prépara à la tibétaine, avec du sel et du beurre de yack. Dans un bol, elle avait pétri de la *tsampa* – un mélange de farine d'orge grillé et d'eau – qui serait leur repas du matin. Je regardai le moine qui modelait une boulette de pâte entre ses doigts et la trempait dans le thé à la manière d'un biscuit, et je me rappelai la scène où Peter, dans ce même ermitage, avait entendu son porteur poser au lama la question la plus redoutable de toutes. Le lama, qu'une arthrite déformante avait rendu infirme et condamné à rester là-haut, avait éclaté de rire et, levant les bras au ciel, avait répondu : « Bien sûr que je suis heureux ici ! C'est merveilleux ! *D'autant plus* que je n'ai pas le choix ! »

Ni Peter ni moi ne pouvions comprendre une réponse pareille. Pas plus que nous ne savions qui avait vu le mont Kailas du haut de la Montagne de Cristal ou quel bruit faisait une seule main qui applaudit. Après avoir préparé le thé, la femme laissait le poêle s'éteindre ; attiré par le feu qui, ces jours-là, me manquait cruellement, je lui fis signe pour qu'elle me laisse l'alimenter avec l'une de ses précieuses racines de genévrier. Ça ne servait à rien, mais elle accepta. Je posai la racine sur les braises et, pendant qu'ils buvaient leur thé, la regardai brûler.

L'après-midi, je lavai mon linge dans le torrent et l'étendis au soleil. Je demandai à Sete de l'aide pour mes cheveux, me savonnai le reste du corps avec une bassine d'eau tiède et enfilai des vêtements propres. Mes compagnons aussi faisaient peau neuve, tiraient des cordes d'une tente à l'autre et mettaient leur lessive à sécher : ce n'est qu'en prenant de la distance, quand je me retournai pour contempler notre camp, que je me rendis compte du comique de notre sacrilège. Sur les étendoirs, nos caleçons volaient au vent ; sur les toits, sur les murs, sur les mâts en bois s'agitaient les drapeaux de prières : mais le bouddhisme apprécie l'ironie et personne, à Shey, ne s'en offusquerait. Inspiré par la scène, je pensai que, dans le royaume du vent, ces lambeaux de tissu aux couleurs passées étaient précisément là pour le vénérer. Nul ne verrait le vent s'il n'avait rien à faire voler : les drapeaux rendent visible l'invisible. Et avec eux, les gypaètes et les griffons qui montaient dans les airs, les ailes déployées et immobiles, ministres du culte des airs.

Je me promenais au milieu des moulins à prières quand la petite fille de la veille vint à ma rencontre, suivie de Kanjiroba. Elle voulait me montrer quelque chose en cachette, me tendit son poing et l'ouvrit : c'était un fossile de coquillage, souvenir de l'époque où l'Himalaya était au fond de la mer. Puis l'Inde, qui était alors une gigantesque île errante, était allée battre contre la Chine, le choc avait fait se dresser les montagnes, propulsant les coquillages à 4000 mètres d'altitude. Je fis non de la tête. Je n'aimais ni le commerce de fossiles, ni les vendeurs en culottes courtes. La fillette fut un peu déçue. J'avais du chocolat quelque part dans une poche et lui en offris pour la consoler. Elle se tourna vers sa tente pour contrôler, j'imagine, que l'adulte qui l'avait envoyée n'était pas en train de la surveiller, puis m'arracha la tablette des mains et se sauva à toutes jambes.

Je m'assis contre l'un des moulins à prières et observai le monastère. Plus haut, sur les vertes pentes du mont Somdo, une harde de bharals paissait au soleil. Pas de léopard en vue, mais le ciel de l'après-midi était limpide et à cette hauteur la lumière avait quelque chose d'absolu, atteignait son état le plus pur. Et il en allait de même pour l'air raréfié que je respirais, l'eau glacée que je caressais du revers de la main, la roche chauffée au soleil contre laquelle je m'étais assis. À cette pureté en correspondait une autre au fond de moi, c'était la réflexion au bout de laquelle j'essayais d'aller : le vent, le torrent, la lumière, la pierre étaient faits de la même substance que mon sang, mes fibres, mes organes, et les faisaient entrer en résonance comme le tambour du moine avait secoué mes membranes. *Boum*, *boum*, *boum* : je suis fait de ça, de ça, de ça. La montagne me portait à l'essentiel.

Peter avait décrit une sensation identique dans les pages les plus brillantes de son journal. Je ne faisais que réécrire ce que lui-même avait écrit en son temps, mais cela me semblait convenir parfaitement à Shey : dans cette vallée, rien n'avançait ni ne reculait, tout tournait en rond, suivant le motif de l'éternel retour, ou de l'éternelle réécriture. Et ce mouvement était tout sauf stérile. Pour les Tibétains, la rotation des roues, les rondes autour des murs, monastères et montagnes *activent* les prières qui y sont inscrites, comme le battant caresse les parois de la cloche et la fait vibrer, produisant une note. À Katmandou, j'avais écouté le *la* des cloches tibétaines, qui pouvait faire bouillir l'eau dont on les remplissait. Si c'est vrai, pensai-je, alors une seule et même note puissante part de Shey et se déploie dans tout l'univers : les pèlerins autour de la Montagne de Cristal tournaient, le moine au grand sourire autour de son monastère tournait, les moulins alimentés par le torrent tournaient et les pigeons sauvages, dont la volée révélait peut-être un grenier caché dans le gompa, tournaient – et les écrivains, eux, tournaient autour du sens à donner à leur présence ici. Qui a vu le mont Kailas du haut de la cime inviolée de la Montagne de Cristal ? Je refermai mon journal. À ce même moment, mais à quarante ans de distance, Peter referma le sien après avoir écrit : « Le secret des montagnes est qu'elles existent, simplement comme je le fais moi-même : les montagnes existent simplement, ce que je ne fais pas. Les montagnes n'ont pas de "signification", elles *signifient* ; elles *sont*. [...] Je résonne de vie, les montagnes résonnent, et quand je puis l'entendre, nous partageons cette résonance. »

À la fin, Peter avait décidé de laisser son ami zoologiste et de retrouver son fils avant Noël. Quelques jours après son départ, son compagnon avait enfin aperçu le léopard des neiges.

« C'est bizarre, dit Nicola pendant que nous faisions nos sacs, de quitter un endroit et de se dire qu'on ne le reverra jamais de notre vie. »

J'avais une sensation plus bizarre encore, à savoir que je reviendrais, mais je craignais de passer pour un sentimental et gardai ça pour moi.

Voyant que nous étions sur le départ, la fillette était montée jusqu'au camp, et nous observait enrouler nos tentes, l'air trahi : alors quoi, on vient à peine de faire connaissance, et déjà vous m'abandonnez ? Kanjiroba, qui était toujours dans ses pattes, semblait tiraillée entre deux instincts, mais quand notre caravane reprit la route, elle se décida et partit à notre suite. « Non, non, lui dis-je, reste. » Mais il est absolument impossible de faire changer d'idée un chien qui s'est mis en tête de te suivre, à moins d'être prêt à le traiter vraiment mal. Vingt-deux êtres humains, vingt-cinq mulets et une chienne se remirent donc en marchc. Ellc était la quarante-huitième créature de notre caravane.

Les adieux furent longs car, pendant que nous remontions la douce vallée de la rivière blanche en direction de l'est, Shey resta en vue pendant des heures. Je me retournais de temps à autre pour bien m'en souvenir. Je craignais le col de Saldang, à peine plus bas que celui du Kang, mais en prenant de l'altitude, je me rendis compte que notre étape de deux jours avait été bénéfique. Sur la pente terminale, je réussis même à profiter de mon cœur qui battait, de mes poumons qui pompaient l'air, et j'étais loin d'imaginer le paysage qui nous attendait de l'autre côté. Ce fut l'affaire d'un instant : les derniers pas de la montée, le tas de pierres votives, les lambeaux de prières, puis mon horizon s'ouvrit sur le désert de haute montagne. La frontière entre le Népal et le Tibet était quelque part sous mes yeux : entre des files de sommets bruns, arrondis, sableux, des versants recouverts d'une herbe jaunâtre et de maquis d'arbustes d'un rouge passé, de rares traces de neige. Les neiges formaient des coupoles suspendues au-dessus de ces collines arides gigantesques, à plus de 6000 mètres. Dans les vallons scintillaient les lits gelés des torrents et les lignes de sable remontaient les pentes jusqu'aux crêtes : les pistes du bétail. Je compris alors, après toutes ces journées de marche, qu'un voyage totalement nouveau commençait.

J'étais sur le col, plongé dans la contemplation du plateau, quand, venant de l'autre versant, une caravane de yacks monta, chargée de marchandises, dans un vacarme de sabots, de sonnailles et de cris. Un garçon courait après un veau indiscipliné, le traitait de tous les noms en lui lançant des cailloux et essayait tant bien que mal de le faire regagner le troupeau. Le vieux qui fermait le cortège s'arrêta pour nous demander quelque chose : il montra ses yeux, gonflés et rougis par une ophtalmie, et sans broncher se laissa mettre le collyre que nous lui offrions. Soulagé et reconnaissant, les joues poussiéreuses striées de larmes, il montra du doigt un point au-dessus de mon épaule et dit : « Shey Gompa ?

— Saldang ! » répondis-je, en indiquant derrière lui.

Le vieux acquiesça. Il palpa ma barbe fournie de montagnard occidental, puis caressa la sienne, rare, de montagnard oriental, et secoua la tête l'air de dire qu'il était le plus vieux, et que c'était à lui qu'aurait dû revenir la plus belle.

Désolé, pensai-je. Je pouvais lui donner du collyre, des roupies, du chocolat, tout ce qu'il voulait, mais jamais je n'aurais troqué ma barbe contre la sienne.

« *Ki, ki, so, so* », dit le vieux, puis il se remit en marche derrière ses bêtes dans la lourde poussière.

SALDANG
NAMGUNG
DHO TARAP

III

À travers une vallée frontière

Le site où nous dressâmes le camp ce jour-là ressemblait à un village fantôme. Il avait été édifié à un emplacement étrange, ni plus ni moins que l'embouchure d'un canyon où déferlait le torrent qui avait creusé cette gorge : à chaque crue, l'eau avait grignoté du terrain aux habitations, était arrivée à hauteur des murs et rongeait maintenant les fondations, ce qui expliquait sans doute leur abandon. Les prés avaient pourtant été fauchés depuis peu, les bouses séchaient, étendues au soleil. Où étaient-ils tous passés ? Je suivis un canal d'irrigation désaffecté, une œuvre d'ingénierie dont les arches de pierre passaient par-dessus barres rocheuses et dépressions : je trouvai les deux chörtens à l'entrée du village, un mur de pierres mani, des roues à prières rouillées, un gompa en piteux état. À Namgung, même la religion avait un air négligé, celui des vieux cultes auxquels plus personne ne croit.

Le premier habitant qui se montra fut une fille qui dévala les prés, traversa un petit pont et fila dans la cour d'une maison. Peu après, un vieillard en sortit pour contrôler qui venait, et alors que j'essayais de me faire comprendre de lui, je vis derrière l'homme, à l'ombre, que la fille portait un bébé dans son dos. Un même tissu les enveloppait, si bien qu'ils semblaient ne faire qu'un. Le vieillard me regardait avec méfiance : ce n'est qu'après maintes cérémonies, parce que j'insistais en montrant le gompa du doigt, qu'il finit par prendre à contrecœur une grosse clé qui pendait à côté de la porte. Il me guida le long d'un sentier et ouvrit dans un muret ce qui ressemblait à une clôture de ronces. Aussitôt que j'eus franchi le seuil, je compris la raison de ses réticences : toute la récolte d'orge était là, dans la cour du monastère, les fagots blonds disposés en longues rangées bien alignées. Même au-dessus de ce gompa une volée de pigeons tournoyait, et je ne pouvais pas croire que c'était un hasard.

La vue de cette récolte me rappela la *désalpe* automnale des montagnards de mes contrées, la descente dans la vallée avec le bétail quand la saison de l'alpage touche à sa fin. Au Dolpo aussi, probablement, les habitants attendaient la récolte pour quitter les villages sur les hauteurs et passer l'hiver à des altitudes plus clémentes. Nous étions à 4400 mètres et le mois d'octobre était bien avancé : la neige n'allait pas tarder. Le monastère avait beau avoir conservé ses fresques décrépites et ses masques monstrueux, il faisait surtout office de grange désormais. Pour protéger l'orge si précieux, il n'y avait plus que les pigeons sauvages, les clôtures de ronces, la sacralité poussiéreuse de l'édifice, un vieux gardien. Et pourtant, y a-t-il meilleur destin pour un temple désaffecté ?

Kanjiroba, qui avait pris confiance, ne se contentait plus de rester dans les parages, elle faisait maintenant irruption dans notre tente. À six heures, les porteurs criaient « Café ! » et accordaient à nous autres *sahib* le privilège de nous le servir dans nos sacs de couchage. Nicola et moi sortions donc ainsi de nos nuits agitées : avec la cafetière italienne et un chien errant qui nous faisait la fête.

« Je t'ai mis du sucre, disais-je pendant que Kanjiroba se précipitait sur lui.

— Pourquoi toujours nous ? se plaignait-il, la voix ensommeillée.

— Eh, va savoir. »

Quelqu'un de la caravane s'était mis en tête que Kanjiroba était la réincarnation d'un moine pécheur condamné dans une autre vie à errer sur les plateaux. Pour ma part, je ne considérais pas un animal comme une forme de vie inférieure à l'homme, au contraire : qui d'autre aurait pu vivre en liberté au milieu de ces montagnes, à part un griffon, un mouton bleu, un léopard des neiges, un chien ?

Je commençai à avoir des soupçons de mon côté, et quand Nicola sortit de la tente, je regardai la chienne dans les yeux : ce serait pas toi, dis ? Ce serait pas toi qui as écrit « La prise de conscience soudaine de notre véritable nature est comme un retour au pays natal » ? Les dates coïncidaient : Peter était mort en 2014 et Kanji pouvait avoir trois ans. Chez les Tibétains, pas plus de cinquante jours séparent une existence de la suivante, c'est le temps que nous passons à errer dans le royaume des morts et qui correspond au *bardo* – après, c'est reparti pour un autre tour de manège. Pas vrai, Peter ? Kanji ne répondit rien. Je lui grattai le museau et elle me lécha la main avec la tendresse contagieuse des chiens au réveil : chaque matin, ils te saluent comme s'ils ne t'avaient pas vu depuis une éternité. Si c'est le cas, dis-je, tu as vraiment trouvé une belle façon de *rentrer au pays natal*. Je sortis de mon sac de couchage, froissé et trempé par la condensation de la nuit, et allai l'étendre sous le soleil du matin.

Je commençais à perdre le compte des jours de marche quand nous descendîmes sur Saldang, 3 900 mètres, l'étape la plus proche de la frontière chinoise de tout notre voyage. Le Tibet était là, à une vingtaine de kilomètres, derrière les cols qui fermaient la vallée. Je m'attendais à un énième hameau abandonné, au lieu de cela nous trouvâmes une petite ville lovée au fond de la vallée de la rivière Nagaon, divisée en îlots d'habitations entourés de champs et de bétail au pré. Dans les cours, les femmes s'affairaient : les fléaux s'abattaient en rythme sur l'orge, les tamis en osier éparpillaient le son au vent.

Mais d'autres signes me frappaient après tout ce temps passé en montagne. J'en avais déjà fait l'expérience dans les Alpes : la pureté que nous atteignons, ou avons l'illusion d'atteindre, en nous hissant à la hauteur des éléments, est vite souillée lorsque nous redescendons parmi les hommes, et notre pensée perd aussi de sa clarté. J'étais troublé de voir les paraboles et les panneaux solaires, les déchets plastiques jetés n'importe où, le drapeau national sur un toit. Je n'avais pas vu la Fleur de rhododendron flotter depuis Katmandou. Un soldat sortit et je compris : c'était la caserne d'un village de frontière, comme on en trouve sur toutes les frontières du monde.

Cela m'ôta l'envie d'explorer les allées et les ruelles. Sete loua une cour pour y installer notre camp et demanda à la propriétaire des lieux si elle pouvait nous faire un thé. Sur la porte d'entrée était gravé le svastika inversé de la religion *bön*, un chamanisme antérieur au bouddhisme qui avait perduré pendant des siècles, en semi-clandestinité, dans certains hameaux du Dolpo. Dans la maison, je passai devant un miroir que je pris soin de regarder. Le poêle était au centre de la pièce, sur la terre battue, et la femme nous invita à prendre place sur les étoffes et les coussins qui l'entouraient. C'était la première fois que nous entrions chez quelqu'un et, en attendant le thé, je scrutais les moindres recoins, essayant d'imaginer la vie des habitants.

Le mur en face de moi était entièrement occupé par une étagère en bois, du pin ou du cèdre noir de suie et poli par l'usage. Au milieu de la vaisselle, des sachets de riz et de thé, des photos de mariage, les couleurs des paquets de spaghettis lyophilisés et des boissons en canettes attiraient l'œil. Un faux Coca-Cola, un faux Red Bull, toutes les marques des détritus que j'avais croisés sur le sentier. Les photos du dalaï-lama étaient mélangées à celles de la famille comme s'il s'agissait d'un oncle, d'un ami de la maison. Ce n'est que lorsque je me tournai que je découvris le poster affiché derrière moi, sur le crépi grossier de cette cabane en bois et en pierre, qui faisait presque toute la largeur du mur.

C'était une vision futuriste de la cité de Lhassa : la capitale tibétaine était à peine reconnaissable au milieu des gratte-ciel, autoroutes, parkings, centres commerciaux. On aurait dit une Los Angeles des montagnes. Celui qui l'avait imaginée avait eu à cœur de laisser le Potala, l'ancien palais royal, même si des tours et des échangeurs le cachaient : c'est là que la fuite du dalaï-lama avait commencé en 1959, quand l'armée chinoise réprimait les mouvements de révolte de son peuple, et depuis, il était un roi en exil. Impossible de demander à la femme si elle comprenait la différence entre les deux Tibet, et lequel des deux elle désirait. L'affiche de propagande, les *noodles* et le Coca-Cola ne laissaient guère de doute sur leur provenance : le Népal était à des kilomètres, ses routes à une semaine de marche au moins, et la grande Chine juste derrière une rangée de montagnes.

Je n'avais pas le droit d'éprouver de la nostalgie pour la pauvreté des autres, mais je sortis prendre l'air, confus. Assis dans la cour, un vieil homme aviné priait. Il avait une méthode toute personnelle : il faisait tourner une roue à prières, récitait le mantra, se versait une petite tasse d'eau-de-vie, la sifflait puis recommençait. J'observai l'impressionnant lit de la rivière, les versants érodés par les eaux, les chörtens en ruine protégeant les hameaux et les champs. C'est devant ce même paysage, quarante ans en arrière, que Peter avait pressenti le déclin d'une civilisation.

Mais il ne fut pas bon prophète quand il écrivit, à propos de Saldang : « Un jour les hommes se lasseront de tirer une si maigre subsistance de ces hauts plateaux glacés et les derniers vestiges de l'ancienne culture tibétaine disparaîtront au milieu des pierres et des ruines. » Il faisait erreur : ce ne seraient pas les mauvaises récoltes qui causeraient leur perte – c'était le lot des montagnards depuis toujours. Je corrigeai donc son propos : « Un jour les hommes construiront une route directe pour la Chine, des camions remplis de marchandises et de passagers clandestins traverseront la région, des baraques de toutes sortes surgiront le long de la vallée, le lit de la rivière ne sera plus qu'une décharge, et les derniers vestiges de l'ancienne culture tibétaine disparaîtront au milieu des immondices et des téléphones portables. »

« *Om mani padme hum* », marmonna le vieillard. Om ! Le joyau au cœur du lotus ! Hum ! Je lui aurais bien pris un peu d'eau-de-vie.

Il devait être trois heures du matin lorsque j'entendis Kanjiroba glapir comme si quelqu'un la battait, et je sortis aussitôt de ma torpeur.

« J'y vais », dis-je avant même que Nicola ne comprenne de quoi il retournait.

Je m'extirpai du sac de couchage, attrapai une chaussure en guise d'arme et sortis de la tente à la lumière de ma frontale. La scène que je vis quelques instants plus tard me fit passer mes envies d'en découdre. La colère que j'avais accumulée contre Saldang m'avait peut-être joué des tours, j'avais mal interprété les glapissements de Kanji et me sentis comme un père parti chercher sa fille au milieu de la nuit et qui la surprend devant la porte de l'immeuble dans les bras de quelqu'un.

« Qu'est-ce qu'il y a ? demanda Nicola à mon retour.

— Kanji s'est trouvé un amant, répondis-je.

— Mais ! Tu l'as chassé ?

— Si elle veut le chasser, c'est à elle de le faire, pas à moi. »

Nous pensâmes : ce coup-ci, elle nous abandonne pour de bon et fonde une famille à Saldang. Adieu, âme lumineuse de Peter ! Au lieu de cela, nous nous retrouvâmes à quarante-neuf le lendemain, et plus tard même à cinquante. Nous remontions le cours de la rivière et dans chaque hameau Kanji embarquait avec elle un chien qui nous suivait pendant une heure ou deux. Puis, à contrecœur, ses soupirants s'en retournaient chez eux, et elle traçait sa route. À croire qu'elle savait parfaitement où elle voulait aller.

Nous avions mis le cap au sud-est, retrouvant la direction de l'Himalaya. Nous traversions les villages et les champs, échangeant des *tashi delek* avec les femmes et faisant un bout de chemin avec les enfants qui se rendaient à l'école. Ils avaient des cartables usés, des uniformes bleus couverts de poussière, des bouteilles de thé au lait pour le goûter, et riaient en étrennant avec nous leur anglais de manuel. Arrivés à Namdo, tous s'engouffrèrent dans une grande cour avec plusieurs rangées de bancs, deux tableaux accrochés à un mur. Avant la leçon, ils formèrent des groupes, les garçons séparés des filles, et entonnèrent un chant qui, j'imagine, devait être leur hymne national, devant des maîtres aussi sévères que des gradés. Au rompez les rangs, les soldats redevinrent enfants : les grands se précipitèrent sur les bancs, les petits sur les jeux. L'un des maîtres lança des cailloux sur un jeune yack qui était entré dans la cour par curiosité. À deux pas des murs de cette école à ciel ouvert coulait la rivière étincelante ; au-dessus de la tête des élèves, les montagnes couleur de sable irradiaient au soleil. On aurait dit une vallée où il n'avait jamais plu et où il ne pleuvrait jamais. Depuis des jours nous ne voyions pas un nuage, pas un arbre, pas une fleur.

Dans une échoppe j'achetai un carré de tissu avec des rayures horizontales bleues, jaunes, rouges, blanches et amarante, et le nouai à mon sac à dos. Je le fis sans raison, sans doute pour montrer mon aversion envers les frontières. Un de mes maîtres disait qu'en montagne elles sont particulièrement abjectes, car d'un côté comme de l'autre de la ligne de partage des eaux, c'est le même grain qu'on cultive, les mêmes bêtes qu'on fait paître, les mêmes habitudes qu'on perpétue depuis toujours, et s'il y a une frontière, elle est plutôt entre la montagne et la ville, pas entre une montagne et une autre. Avec ma parure, je remarquai que les paysannes me montraient du doigt et me saluaient, amusées.

« Bouddhiste ? me demanda l'une d'elles qui battait l'orge.

— Non, non, pacifiste », dis-je, mais je ne sais pas si elle comprit. Elle me sourit quand même. Le soir, je nouai le foulard au bout d'un bâton et le plantai là où nous dressâmes le camp, et c'est ainsi qu'il devint notre drapeau.

Cette nuit-là, je finis *Le Léopard* pour la deuxième fois. Je m'y trouvais tellement bien, dans ce livre, que je ressentis aussitôt un vide. Nicola dormait, je n'avais donc personne à qui faire part de ce sentiment, cette tristesse que seuls les lecteurs connaissent, la nostalgie des livres finis. Nos nuits fonctionnaient en décalage, comme l'espace dans la tente : lui s'endormait tout de suite et commençait à remuer vers une heure ou deux, moi, je ne fermais pas l'œil avant minuit mais, avec un peu de chance, dormais d'une traite jusqu'à l'aube. Je guettai les bruits au-dehors. Il y avait le torrent qui coulait et mon drapeau pacifiste qui flottait, puis un autre son que je mis du temps à identifier. C'étaient les manœuvres typiques d'un chien aux prises avec un os trop grand pour lui : il le bloque entre ses pattes, y agrippe ses dents et peut rester comme ça, à grailler cartilages et minuscules filaments, pendant des heures et des heures. Qui sait ce qu'avait bien pu dégoter Kanjiroba.

Je rouvris *Le Léopard* à la première page, à la citation de Rilke : « Au fond, le seul courage qui soit exigé de nous est celui qui nous permet d'affronter ce que nous pouvons rencontrer de plus étrange, de plus singulier, de plus inexplicable. »

Puis, comme on frappe à la porte d'un ami de toujours, je tournai la page et recommençai.

C'était une tête de bharal que Kanjiroba avait trouvée. Le matin, elle essayait encore de détacher quelque chose des orbites, des lambeaux de peau restés collés au crâne. Nous étions loin des habitations maintenant, dans la gorge de la rivière, près de l'eau : à en juger par l'état de sa tête, ce mouton bleu broutait encore dans les parages quelques jours auparavant. Ce n'était plus que de la viande à présent, et elle provoquait chez Kanji une voracité que je préférai ne pas voir.

Quand nous eûmes quitté le cours de la Nagaon, nous ne croisâmes plus personne. La végétation de buissons épineux rendait difficiles les sorties hors du sentier, aussi retrouvions-nous sous nos pieds toutes sortes de traces. « Regarde, regarde », me dit Remigio quand nous fûmes de nouveau au-dessus de 4 000 mètres. C'était un fils de chasseur et, en montagne, il déchiffrait toujours pour moi les traces des sauvages. Il m'en indiqua une série du bout de son bâton : une grande paume, quatre pelotes rondes et espacées, l'empreinte totale faisait presque la moitié de la main d'un homme. Je posai la mienne à côté pour comparer. Ce n'était pas un loup, ni un chien ou un renard. Encore moins un mouton bleu ou une antilope tibétaine. C'était un félin, et à cette altitude, d'après ce que nous savions, il n'y en avait qu'un.

« Il est non seulement rare, [...] mais prudent, miraculeusement habile à échapper aux regards, et si bien camouflé dans les endroits où il choisit de se tapir qu'on peut l'avoir sous le nez sans le voir. [...] C'est le plus mystérieux de tous les grands félins et on ignore tout de son organisation sociale. [...] Il lui arrive de retrouver un congénère près d'une proie, comme le tigre, ou d'être insociable et solitaire comme un vrai léopard. »

En l'occurrence, le spécimen qui nous avait précédés était un solitaire : les empreintes déroulaient un pas tranquille, régulier, qui descendait au torrent puis rebroussait chemin ; étant donné que le sol ne dégelait pas avant huit heures du matin, les traces devaient remonter au soir d'avant. Je repensai à la tête du mouton bleu et une question qui ne m'avait pas encore traversé l'esprit s'imposa : qui l'avait tué ? Je levai les yeux vers les versants nus, le labyrinthe des vallons qui se démultipliaient au-dessus de ma tête, le léopard des neiges était certainement quelque part en train de nous épier.

Après mûre réflexion, ce jour-là, il me sembla que ce caractère mystérieux, le talent consistant à être là et à ne pas se montrer, ne s'appliquait pas seulement au léopard des neiges mais à l'ensemble du territoire du Dolpo. Nous ne faisions rien d'autre qu'entrevoir les signes d'événements passés, ratés de peu, dont le sens nous échappait, comme ces traces de farine qui nous accompagnèrent sur un tronçon, et qui m'évoquèrent un sac troué sur la croupe d'un mulet. Ou encore ce trou profond dans la terre rougeâtre qui avait mis au jour tout un réseau de galeries souterraines.

« Ils déterrent les marmottes, par ici, me dit Remigio.

— Comment ça, ils les *déterrent* ?

— Ils les chassent pendant l'hibernation. En hiver, les marmottes s'entassent au fond de leur terrier pour se tenir au chaud, dans une espèce de foyer central, tu vois ? Si tu trouves où est le foyer, avec un pic, tu les tues toutes.

— Mais pour quoi faire ?

— Pour les manger, quoi d'autre ?

— Toi aussi t'as fait ça ?

— J'ai entendu quelqu'un le raconter. »

Les frontières entre les léopards, les hommes, les époques étaient de plus en plus floues. À 4500 mètres, nous atteignîmes une combe qui avait visiblement servi de pâturage l'été. En octobre, là-haut, il ne restait plus que les murets d'un enclos pour deux tentes, 4 mètres sur 4, et c'était comme regarder à l'intérieur d'une maison dont on aurait ôté le toit : avec le foyer au centre, la terre battue tout autour, sur un côté les niches de pierre qui avaient servi de garde-manger. Non loin des tentes, l'enclos des yacks. En faisant le tour du campement, je trouvai une peau de chèvre racornie qui tombait en loques, une sangle de porteur, un sachet de bouillon en poudre, une faucille et un marteau dessinés sur un rocher. Voilà une autre trace mystérieuse. Ce symbole peint en jaune me sembla plus ancien que les clôtures ou les foyers, sans doute parce que ces derniers n'avaient pas d'âge : lui remontait à l'époque de la guérilla maoïste qui avait agité les vallées népalaises dans les années quatre-vingt-dix. Une minuscule relique du XXe siècle. Un rêve négligeable de révolution à la périphérie du monde.

« Toi aussi t'as fait ça ? nous demanderont-ils un jour.

— J'ai entendu quelqu'un le raconter », répondrons-nous.

Nous retournâmes au XXIe siècle en descendant dans le village suivant, où nous fûmes accueillis par de grandes lettres de pierres blanches sur le flanc de la montagne. « WELCOME », disaient-elles, à côté d'un chörten repeint avec des couleurs criardes. Ce message de bienvenue devait s'adresser à nous et aux autres touristes qui arriveraient, ou qu'on espérait voir arriver, puisque ce jour-là nous n'en vîmes pas l'ombre d'un seul : en entrant dans le village, nous passâmes devant un Himalaya Hotel et un Dhaulagiri Hotel, tous deux déserts. Il s'agissait de modestes constructions hautes d'un étage, une cour poussiéreuse, un muret tout autour, semblables aux autres habitations. Sur le toit plat séchait le bois pour l'hiver. Une route en terre rejoignait la rivière et cette unique rangée de maisons, et pendant que nous la remontions, un homme à dos de mulet nous dépassa : c'était Lakba, mon guide taciturne. Il éperonnait sa monture à coups de talon et disparut rapidement en soulevant des nuages de poussière.

« Où il va ? demandai-je à Sete.

— Il va dire à son oncle qu'on arrive.

— Alors c'est dans ce village qu'habite Lakba ?

— Eh oui.

— Et comment il s'appelle, ce village ?

— C'est Dho, sur la rivière Tarap. »

Je me souvins alors du jour où nous étions partis. Lakba nous attendait près de la piste d'atterrissage avec ses mulets. Le petit aéroplane, Juphal, les plantations de marijuana me paraissaient si loin à présent : en partant de Dho, même en prenant un chemin plus court, ils avaient dû marcher pendant des jours pour venir nous chercher.

Peu après nous vîmes une moto approcher. Ses chromes étincelaient et deux baffles crachaient de la pop indienne. Le pilote était raccord avec son engin, avec son blouson en cuir et ses lunettes de soleil et du gel dans les cheveux. Il nous croisa lentement, en nous dévisageant ; s'il voulait nous impressionner, c'était réussi. Quand il fut hors de portée, je demandai à Sete comment une moto avait pu arriver jusqu'à Dho : il me raconta qu'ils les importaient de Chine, en les démontant et en transportant les pièces détachées à dos de mulet.

« Et ils vont où avec ? demandai-je.

— Nulle part. La route s'arrête avec le village. »

Nous en vîmes d'autres, de ces motos, garées à côté d'une grande tente. Elle se tenait à côté d'un gompa en ruine, et il faut croire qu'elle l'avait remplacé car, à l'intérieur, une vingtaine de moines étaient en plein rite. Assis par terre, un livre de prières devant eux et une tasse de thé sous le coude, ils récitaient un psaume que l'un d'eux rythmait avec cymbales et tambours. Ils étaient jeunes pour la plupart, à peine sortis de l'adolescence. D'autres hommes plus âgés et élégants, les propriétaires de la moto peut-être, assistaient à la cérémonie sans faire attention à notre caravane qui passait.

Ce soir-là, dans la maison de l'oncle de Lakba, j'observais les corbeaux voltiger au-dessus d'une colline. Nous avions su après que nous étions arrivés en plein milieu de funérailles, et que, dans le Dolpo, les sépultures célestes se pratiquaient encore. À cette altitude, il n'y a pas assez de bois pour les crémations, aussi les cadavres étaient-ils démembrés et transportés en morceaux sur une butte, où les rapaces prenaient le relais. Pour les bouddhistes, notre corps est fait d'éléments que l'univers nous prête, et lorsque la vie l'abandonne, il faut les lui rendre : la matière que nous avons habitée redevient air, eau, terre ; ce sont les oiseaux qui la remettent en circulation. Je ne m'étais pas trompé, à Shey : c'étaient eux les vrais ministres du culte.

Je vis une fille ouvrir en grand une barrière et emmener son troupeau brouter de l'autre côté de la rivière. Sur une étroite passerelle en bois, les moutons s'envoyaient des coups de cornes, les petits agneaux finissaient à l'eau et traversaient à gué comme ils pouvaient.

Pour fêter le retour du neveu, une grosse casserole de rakshi mijotait dans une cabane de la cour. Un seul d'entre nous eut le courage d'en demander une tasse : moi.

« Ça a quoi comme goût ? interrogea Nicola.

— Un goût d'essence chaude, répondis-je.

— On dirait du méthanol, dit Remigio, repose ça. »

Nous nous repliâmes sur quelque chose de plus sûr, une Lhasa Beer d'importation, la version tibétaine de l'Everest, et assistâmes à la petite fête. Les porteurs et les muletiers étaient joyeux et bruyants, ils avaient déjà commencé à faire tourner la bière d'orge : ils finirent saouls et, plus tard dans la soirée, en vinrent aux mains avec les garçons du village. Les motos grondèrent toute la nuit. L'oncle de Lakba s'énerva et nous l'entendîmes sortir de chez lui en criant. Le lendemain matin, nous les retrouverions honteux et en piteux état, les yeux rivés au sol, en train d'assurer le chargement des mulets.

Moi, j'en avais assez du fond de la vallée et de son air de mort, j'avais hâte de retourner en montagne.

CHAMP
DU RÊVE
COL DE LA
TRIBULATION
DHO TARAP
CHARKA

IV

Dans le désert

Je n'avais pas dû me purifier de toutes mes fautes ou prouver assez ma sincérité car, dans la montée du col de Jhyarkoi, le démon des hauteurs me mit à l'épreuve plus durement que jamais. Dho était 1 000 mètres et quatre heures de marche plus bas quand je le sentis qui revenait à la charge. Tout le matin, j'avais grimpé avec une telle aisance que j'avais fini par me dire que ce monde m'avait accepté, que moi aussi j'étais une créature du plateau, mais quand j'arrivai sur la pente terminale, le démon m'attaqua à l'estomac, où commença son tourment. Te revoilà, pensai-je, en sentant la douleur monter. Tu m'attendais ?

Je levai les yeux et calculai qu'il me restait encore 300 mètres de montée, un long et monotone sentier sableux. Je ralentis le pas, un pied après l'autre, le talon de celui qui avance pas plus loin que la pointe de celui qui suit, et calai dessus ma respiration. Droite, inspire ; gauche, expire ; un, deux ; pied, pied. Il fallait que je garde les yeux rivés sur le terrain, que je me concentre sur mon souffle et que je cesse de regarder en haut, vers le col, car cela ne ferait qu'aggraver mon supplice. Je me dis qu'à ce rythme-là je pouvais m'arrêter pour souffler à chaque tournant, il devait y avoir trente pas au maximum, mais je me retrouvai à le faire tous les vingt, puis tous les dix. Une minute pour trouver de l'oxygène tous les dix pas.

Comme cela ne lui suffisait pas, le démon se mit à me souffler dessus un vent glacial. J'avais des fourmis dans les mains et les pieds. C'est le sang qui circule mal, pensai-je, ou la tête qui commence à flancher : je ne sentais plus très bien les doigts de mes mains et tirais mes pieds comme si j'avais des enclumes au bout des chevilles, les pieds d'un autre. Je me rendis compte que je les traînais. Tu pourrais au moins arrêter de m'envoyer ce vent ? À ce stade, je devais me plier en deux pour chercher de l'oxygène tous les trois ou quatre pas, en me protégeant la bouche et le nez avec le bras. Assez, je t'en supplie. Je t'en supplie, laisse-moi passer. *Ki ki, so so.*

Mon corps ralenti, alourdi, avait de plus en plus de peine à obéir. Volonté et confusion se disputaient ma tête. J'étais dans un état second lorsque je me retrouvai assis contre le tas de pierres du col, à 5300 mètres, incapable de parler. Nicola était à côté de moi et je réussis à comprendre que lui non plus n'en menait pas large. Je ne pensais qu'à redescendre sur l'autre versant, mais cette fois-là perdre de l'altitude ne me rendit pas ma lucidité : tantôt je m'étalais par terre, tantôt je trébuchais dans la descente. Ces pieds n'étaient plus les miens. Je me retrouvai ensuite couché dans ma tente, comment y avais-je atterri, quelle heure était-il ? Le sac de couchage fermé jusqu'au menton, je tremblais. Le vent glacial ne quittait plus mes os.

Remigio m'appela dehors : « *Paolín*, viens près du feu. » Ce nom, c'était un truc entre nous, et je ne fis rien d'autre que suivre la voix de mon ami. Dehors il faisait noir. Ils avaient vraiment allumé un feu, des ombres de porteurs entouraient un grand genévrier en flammes, mais en sortant de mon sac de couchage, je compris que je faisais une erreur. Je tremblai de plus belle. Je vis que devant la tente de Remigio, au-dessus de l'entrée, un crâne de bharal me regardait fixement. « C'est la tente du chaman », me dit-il en ricanant, des flammes dans les yeux. Flammes, ombres, crânes, mon ami devenu fou à cause de l'altitude. Je me sentais comme dans un rêve de Peter, une de ses hallucinations.

Quelqu'un me passa un bol de soupe mais rien qu'à l'odeur je sus que je serais incapable d'en avaler une bouchée. Je pris une gourde remplie de thé bouillant, retournai dans mon sac de couchage tout habillé et me roulai en boule. Qu'est-ce que je fais là ? Qu'est-ce que je suis venu faire ici, à 5 000 mètres d'altitude, alors qu'il gèle à pierre fendre, qu'il fait nuit noire et que mon estomac est secoué de spasmes ? Pourquoi je ne suis pas chez moi, avec la femme que j'aime, le dîner sur la table, un peu de musique, un lit chaud ? C'est quoi ce maudit appel de la montagne ?

Au lieu de boire, je serrai la gourde de thé contre mon ventre, dans le sac de couchage. L'idée se révéla bonne : au bout d'un moment, mon estomac se calma et mes tremblements cessèrent. Je sentis une tiédeur m'envahir, le sommeil me gagner, et le démon me laissa enfin en paix.

Le lendemain, je me refis une santé avec une longue marche en faux plat, des heures et des heures dans une vallée sans habitations ni hommes. Il n'y avait rien d'autre à observer que le désert, le ciel sans nuages du Dolpo, les torrents gelés qui, lentement, fondaient sous le soleil. À cette altitude, l'eau se figeait chaque nuit et recommençait à couler chaque matin. Sur une hauteur, je réussis à embrasser du regard toute la caravane qui s'effilochait sur des kilomètres : mes compagnons de route marchaient, distants les uns des autres, pensifs. Nous étions las et peut-être entrions-nous dans cette phase du voyage où on commence à compter les jours, à imaginer le retour, et la sensation d'être sur le départ ajoute à la fatigue, lui enlève le goût de la découverte.

Remigio ne sortit pas le nez de son écharpe de toute la matinée. Je m'approchai, et lui demandai :

« T'avais vraiment mis un crâne de bharal sur ta tente ou j'ai rêvé ?

— C'était pour te remonter le moral. Ça va mieux ?

— Ça va, juste un peu faible. Et toi ?

— J'ai mal à la gorge. Mais les jambes tiennent le coup. »

La soirée me revenait par bribes, et je cherchais maintenant à recoller les morceaux comme les ivrognes après une nuit trop arrosée. Mais surtout j'avais le sentiment d'avoir une dette envers mes amis : qui m'avait attendu sur le col ? Qui avait pris tout mon barda et déplié mon sac de couchage ? Qui m'avait fait le thé ? À un moment, quelqu'un m'avait regardé dans les yeux, m'avait donné deux cachets, m'avait dit de rester au chaud et de boire beaucoup.

J'allai voir Nicola et lui demandai : « Ça va ?

— Mieux qu'hier. J'avais un peu de fièvre.

— Tu as dormi ?

— Pas tant que ça. Toi, par contre, t'as dormi comme une souche ! Ça t'a passé ?

— Je suis comme neuf. C'est toi qui m'as mis au lit ?

— Oui, tu te rappelles pas ?

— Non. Mais merci. »

Dans une combe, nous croisâmes un petit lac pris dans la glace. Sur la surface, Nicola dessina du bout de son bâton un léopard, un loup, un corbeau. Quelques traits lui suffirent, il avait le talent de la simplicité. Ce n'était pas n'importe quelles silhouettes : ces trois animaux nous reliaient, ils étaient à l'origine de notre amitié et de notre voyage, et nous restâmes un temps à les regarder scintiller sur la glace que le soleil illuminait.

Au bout d'un moment, dans la vallée sans montée ni descente, deux jeunes cavaliers apparurent en silence, comme des esprits. Ils avaient les cheveux longs, lisses, noirs, des rayures écarlates sur le front, des boucles d'oreilles corail et turquoise. Même les chevaux étaient décorés de houppes d'or, rubans colorés noués à la queue, couvertures brodées sous la selle. Ils avaient l'air de se rendre à quelque cérémonie, ou d'en revenir. Dans leur façon de galoper, il y avait l'aisance naturelle des peuples nomades, et je ne pouvais imaginer de façon plus juste et harmonieuse de traverser le désert. C'est à peine s'ils nous regardèrent. Ils glissèrent dans la direction opposée à la nôtre, et je les observai s'éloigner jusqu'à ce qu'ils se fondent parmi les reliefs du plateau.

Le village d'où venaient ces cavaliers ressemblait à un village de poussière. Il se dressait sur une hauteur entre deux torrents, et quelque chose dans sa position dominante au-dessus de l'eau me rappela nos citadelles. Je savais qu'autrefois, parmi les Tibétains, il y avait des pilleurs qui descendaient du nord à cheval et pillaient ces villages de paysans, aussi n'avais-je peut-être pas tout à fait tort de prêter à Charka le besoin de se défendre : mais le vent soulevait des nuages de sable, le sable était de la même couleur que les maisons, et on aurait dit que les maisons s'effritaient et tombaient en miettes. Au milieu de cette poussière, une fille rentrait ses chèvres pendant que des corbeaux noirs aux ailes déployées nous surveillaient à mi-hauteur.

Comme il était impensable de planter nos tentes dehors avec ce temps, Sete loua une maison pour la nuit. Je ressentis de la gratitude pour la banquette, pour la couverture en laine, pour la tiédeur enfumée de la pièce où ils nous installèrent tous. Je goûtai pour la première fois le thé salé au beurre de yack : dégoûtant quand on se dit que c'est du thé, bon et réconfortant quand on se dit que c'est du bouillon. La famille qui nous hébergeait passa la soirée dans une petite pièce derrière un rideau, peut-être un coin cuisine : un homme, un enfant, une jeune femme qui venait parfois demander dans un bon anglais si nous n'avions besoin de rien. Quand ils sortirent pour aller dormir ailleurs, je me levai pour me dégourdir les jambes, passai en revue les livres sur une étagère, cédai à la tentation d'aller voir de l'autre côté ; près du poêle qui mourait, des bouses séchées empilées, du bol de tsampa, deux bougies au beurre vacillaient devant une photo du dalaï-lama. Au-dessus du portrait trônait un drapeau du Tibet. Des épis d'orge, des petites fleurs sauvages et même des roupies avaient été apportés au dalaï-lama, qui souriait. J'eus soudain un moment de recul, honteux de mon intrusion.

Le lendemain matin, la femme revint seule. Elle entra dans la cuisine et, peu après, la fumée du genévrier nous enveloppa. Dans le Dolpo, je n'avais jamais réussi à parler avec personne ; je me dis que j'aurais difficilement trouvé une autre occasion et, pendant que mes compagnons buvaient leur café, je m'approchai du rideau, et frappai sur le seuil.

« Je peux ?

— Oui », dit la femme.

J'entrai. Elle était à genoux devant le poêle et soufflait sur le feu qui avait du mal à prendre. Je me rappelai avoir lu quelque part que beaucoup d'enfants de la région avaient des problèmes aux yeux et à la gorge à cause de la fumée.

« Je peux faire quelque chose pour vous ? me demanda-t-elle.

— Juste parler un peu, si vous voulez bien.

— Oui, bien sûr. »

Je m'assis sur un tabouret à côté du poêle. Je remarquai que sur le petit autel les bougies au beurre étaient éteintes. La femme vit ce que je regardais, mais elle n'en fut en rien gênée. Elle possédait une élégance naturelle : après avoir refermé la porte du poêle, elle remit sa jupe en ordre et s'assit à son tour.

« Comment se fait-il que vous parliez si bien l'anglais ?

— Je suis maîtresse d'école. J'ai appris à Katmandou.

— Vous avez grandi là-bas ?

— Je suis allée à l'école là-bas. J'y retourne tous les hivers. Ici, il fait trop froid, il y a trop de neige pour qu'on puisse rester. Mais c'est mon village, et je voulais enseigner aux enfants d'ici.

— C'est loin, Katmandou ? »

Elle réfléchit, compta sur ses doigts, puis dit : « Quatre jours de marche jusqu'à Jomson, et encore deux ou trois si on prend l'autobus ou qu'on profite d'un passage de voiture. Une semaine.

— Et quand est-ce que vous partez ?

— Bientôt. D'ici décembre, tout le monde sera parti. »

La lumière du matin filtrait à travers une petite fenêtre. Dehors, le vent avait soufflé toute la nuit. Il empêchait à présent le poêle de tirer, et le soleil jouait avec les volutes de fumée qui se glissaient entre nous, dans la cuisine. Je montrai du doigt la photo et les bougies, et lui demandai de m'expliquer leur signification.

« Nous sommes tibétains, dit-elle, par notre langue, notre culture et notre religion. Mais nous sommes aussi des citoyens népalais et devons beaucoup au Népal parce qu'il nous laisse vivre à notre façon. » Dans cette réponse élaborée, je crus entendre les discours qu'elle tenait aux enfants, puis elle ajouta : « C'est ma grand-mère qui a quitté le Tibet pour se marier avec mon grand-père, j'ai encore beaucoup de famille là-bas.

— Vous leur rendez visite parfois ?

— Impossible. La frontière n'est ouverte que quelques fois par an. Alors on se retrouve sur un col de montagne à trois jours de marche d'ici, pour se voir et échanger des cadeaux.

— À Saldang ?

— Un peu avant. »

Quatre jours de marche pour prendre l'autobus, trois pour retrouver la famille. Il nous avait fallu douze heures pour quitter l'Europe et arriver au Népal, mais, maintenant que je partageais cet espace, marcher trois jours d'affilée me paraissait tout à fait normal à moi aussi.

La femme remplit une bouilloire avec de l'eau d'un bidon et la posa sur le poêle. Le feu peinait à prendre, au point que je doutai qu'elle arrive à faire chauffer son eau.

« Je peux vous poser encore une question ? Depuis que nous sommes partis, je me demande ce que vous pensez de nous.

— Vous nous êtes d'une grande aide ! » répondit-elle en portant la main sur sa poitrine. Elle craignait de m'avoir blessé je ne sais comment et ajouta : « Tout le monde ici aimerait offrir le gîte à des gens comme vous. Revenez nous voir. Revenez ! »

Je la remerciai. Je voulais bien la croire mais avais trop de doutes pour prendre sa réponse comme telle. Je lui dis qu'il y avait peu de chances que nous revenions, mais que beaucoup d'autres viendraient certainement à notre place. Elle sourit.

« Combien d'enfants avez-vous dans votre école ?

— Quinze.

— Et ce sont de bons élèves ?

— Oui, très. »

Je quittai Charka, village de poussière, avec le sentiment de n'avoir fait que l'effleurer. Lever le camp tous les matins est la loi de la caravane, mais pour comprendre il faudrait pouvoir s'arrêter, rester. Nous nous éloignâmes avec la fumée basse qui ne parvenait pas à décoller des cabanes, l'odeur forte du genévrier qui allait imprégner nos vêtements pendant des jours. Je ne lui avais même pas demandé comment elle s'appelait.

Il n'empêche, comme c'était beau, comme cela nous était devenu naturel et nécessaire de nous remettre en chemin. Tourner le dos au monde connu et découvrir à chaque pas un pan de monde nouveau. Marcher était notre mission quotidienne, notre mesure du temps et de l'espace. C'était notre façon de penser, d'être ensemble, de traverser le jour, c'était le travail que nos corps faisaient maintenant sans nous.

Même amaigris, fourbus, fiévreux, chaque matin ils se relevaient et se remettaient en mouvement, dociles comme des bêtes de somme. Marcher réduisait la vie à l'essentiel : manger, dormir, rencontrer, penser. Aucune invention de notre siècle ne nous servait plus à rien une fois que nous étions en route, nous avions seulement une bonne paire de chaussures et, dans mon cas, un livre dans le sac. Depuis des semaines je vivais de riz, de lentilles, de légumes, parfois d'œufs et de fromage, de mon *Léopard*, de mon carnet, de mes amis. Le plus surprenant n'était pas tant de pouvoir faire avec si peu, mais de constater que je ne désirais rien de plus. Ce n'est que quand nous nous arrêtions que s'immisçaient le besoin, la nostalgie, les ambitions, tous les vides à remplir.

Cela faisait un moment que Kanjiroba m'était sortie de la tête – elle était devenue une présence autonome, nul ne se préoccupait de savoir où elle dormait ou ce qu'elle faisait quand elle n'était pas avec nous. Mais nous longions la rivière depuis un certain temps déjà quand je la vis sur l'autre rive : un chien noir qui courait et essayait en vain de nous rejoindre. Le pont qui nous avait permis de traverser était loin derrière et elle, qui craignait ces passerelles suspendues, cherchait à présent un endroit où elle pourrait traverser à gué la rivière ample, rapide, encore en partie glacée. Elle se méfiait du courant, tâtait le fond d'une patte puis faisait un bond en arrière, essayait ailleurs, gémissait. Nicola et moi nous approchâmes pour l'appeler. « Kanji ! Viens ! Allez, vas-y, tu peux le faire ! » Elle se jeta à l'eau avec la confiance aveugle des chiens : elle s'affala sur un bloc glacé, tomba dans la rivière, disparut dans un rapide et refit surface un peu en aval, se débattit, puis finit par trouver un moyen d'accoster. Il faisait si froid que son poil gorgé d'eau se retrouva blanc de glace en un instant. Elle s'en débarrassa en s'ébrouant puis se précipita dans nos bras, heureuse.

En marchant ce jour-là, et en repensant à la femme de Charka, me revint en mémoire quelque chose que j'avais oublié, et que je tenais à faire avant que nous arrivions pour que tout soit fait comme il faut. Je restai en arrière, attendis nos porteurs et leur dis que j'aimerais tous les prendre en photo, en souvenir. Les jeunes hommes en furent très fiers : les uns après les autres, ils se débarrassèrent de leur chargement et prirent la pose. À chacun, je tendis mon carnet et demandai d'écrire son nom, de sorte que je les ai encore là, écrits noir sur blanc, noms aux écritures différentes et malhabiles : Suren, Sangeh, Subash, Kailas, Darma. Un timide, un qui montrait ses biceps, les bras croisés, un autre qui souriait à côté de sa hotte. Le cuisinier, les aides de camp, celui qui allait chercher l'eau à la rivière puis faisait la vaisselle. C'était le dernier, Darma, le petit maigre. Il portait le réchaud dans sa hotte et on le reconnaissait de loin à l'odeur du pétrole. Je sentais bien que quelque chose, une différence de caste, une peau plus mate, l'isolait des autres. Moi aussi ? sembla-t-il demander quand je lui tendis mon carnet. Évidemment toi aussi, lui répondis-je d'un hochement de tête.

Nous nous maintenions désormais au-dessus des 4500 mètres, marchant à travers un paysage auquel je ne faisais plus attention : lisse, aride, sableux, le même depuis des jours. Le regard de celui qui traverse le désert est strictement tourné vers l'intérieur. Nous montions et descendions, gagnant 100 ou 200 mètres avant de les reperdre à nouveau. Nous n'avions fait que ça pendant des semaines : d'après mes calculs, nous avions dû parcourir 300 kilomètres à vol d'oiseau, mais impossible de calculer le dénivelé de notre itinéraire en dents de scie, et donc sa longueur réelle. Je pensai que l'Himalaya, comme Sete, se rebellait contre notre manie de vouloir tout mesurer. Je me rendis compte que déjà dans l'idée de *gagner* et de *perdre*, il y avait une conception économique typiquement occidentale de la montagne, au sens où l'altitude et la distance sont les capitaux que nous accumulons à la sueur de notre front, et il n'y a rien de plus agaçant que de gaspiller les efforts investis. Je croyais entendre Peter : change de mots, me disait-il. Change ta façon de penser. Qui a vu le mont Kailas du haut de la cime inviolée de la Montagne de Cristal ? Trouve la réponse dans ces montagnes russes : parce que tu perdras tout ce que tu as cru gagner, dis-toi que le sentier est bien plus précieux que le sommet. Trouve un sens dans chaque pas. Dans cette concentration.

L'après-midi, la rivière s'épanchait, se séparait en ruisseaux et en rigoles, se transformait en marécage. Nombre de cailloux sous nos chaussures étaient des fossiles de coquillages. Au milieu de ce fond marin de haute altitude, je surpris un mouvement à côté de moi, je tournai la tête, c'était un lièvre : un beau lièvre gris en état d'alerte, les oreilles tendues, les muscles contractés et prêts à bondir. Que venait faire un lièvre là-haut, à la fin de l'automne ? Nous restâmes un instant à nous fixer, jusqu'à ce qu'arrive Kanjiroba : la chienne se lança à ses trousses et il s'enfuit plus haut, si prestement qu'il disparut en quelques bonds. Le voilà le quatrième animal-guide : un léopard, un loup, un corbeau, un lièvre.

Nous dressâmes le camp à un peu moins de 5000 mètres. Le lendemain, notre dernier col nous attendait, le plus haut de tous, au-dessus de 5500. Je n'étais pas malade mais il faisait très froid et, aussitôt que le soleil passa derrière les montagnes, les torrents se remirent à geler. Je me dis que le thermomètre devait être bien en dessous de zéro pour que la glace se forme à vue d'œil. Au moment de rassembler mes affaires pour les mettre dans la tente, je trouvai quelque chose sous mon sac à dos : c'était un bocal de confiture de fraises, plein, scellé, de ceux que nous prenions au petit déjeuner. Était-il possible qu'il soit tombé de la hotte d'un porteur ? Étrange qu'il ait atterri à cet endroit précis, sous mon sac. Je pensai alors que quelqu'un avait dû le poser. Je regardai autour de moi et ne tardai pas à croiser d'autres yeux qui guettaient les miens : de loin, devant l'entrée de la cuisine, le petit Darma m'observait. Je m'efforçai de lui sourire et me réfugiai dans la tente.

Plus tard, je lus à voix haute : « Avec le vent et le froid l'impatience me gagne et je me surprends à économiser le chocolat qui me reste dans la perspective de mon voyage de retour à travers les montagnes… toujours cette manière de se préparer à la vie au lieu de la vivre chaque jour. [...] Nous avons eu des journées intéressantes [...], et pourtant une sorte d'ardeur diminue, un charme est brisé. [...] Je me prépare donc à partir moi aussi, bien que je fasse tous mes efforts pour rester. La partie de moi-même qui s'inquiète des lettres pas encore ouvertes au fond de mon sac à dos, qui aspire à voir mes enfants, à boire du vin, à faire l'amour, à être de nouveau propre dans un cadre confortable, regarde déjà vers le sud au-delà des montagnes. »

« Boire du vin, faire l'amour, répéta Nicola.

— C'est ça tes vœux pour tes quarante ans ? » demandai-je en mettant de côté *Le Léopard*. J'avais pris l'habitude de le garder dans mon sac de couchage avec mon carnet et ma gourde de thé, car autrement le papier se gorgeait de buée. L'eau de la condensation gelait au contact de la toile de tente et, si l'un de nous s'agitait trop dans son sommeil, notre souffle congelé nous retombait en pleine figure.

« Je sais pas, dit Nicola. J'ai droit à combien ?

— Trois, répondis-je.

— Dans ce cas, je veux peindre. Je veux un tas d'enfants autour de moi. Et je veux une femme heureuse de sa vie.

— Fini, les filles tourmentées ?

— Oui, ça suffit.

— Moi, elles me plaisent toujours autant. »

Je touchai le bout de mon nez qui, étant la seule partie immergée du sac de couchage, commençait à devenir un corps étranger. Mes moustaches étaient toujours trempées, plus tard dans la nuit elles gèleraient à leur tour. Je serrai ma gourde contre mon ventre.

« Et tes deux autres vœux ? demanda Nicola.

— Je veux écrire. Et un tas de montagnes autour de moi.

— T'en as pas marre des montagnes ?

— Là, si. Mais je sais comment ça se passe, dès que nous serons en bas, il me tardera de remonter. »

Nous restâmes sans dire un mot. Je pouvais entendre les voix des porteurs dans la tente cuisine. Va savoir ce qu'ils se racontent, pensai-je. Je songeai à Darma qui devait être à l'intérieur, en train d'essuyer la vaisselle. Le travail fini, eux aussi poussaient les réchauds et les casseroles dans un coin et se couchaient pour dormir, mais avant, ils passaient un peu de temps à fumer et à bavarder. La compagnie de ces voix que je ne comprenais pas, mon ami tout près de moi, les quelques objets auxquels je tenais dans mon sac de couchage, je savais déjà de quoi la nostalgie du Dolpo serait faite. Les derniers 5 000, pensai-je. Puis je me dis d'arrêter de ressasser tout ça, autrement je n'arriverais jamais à m'endormir.

Le lendemain matin, je ne fis rien d'autre que mettre mes chaussures et sortir de la tente. Au début, nous tenions à nous changer, à nous laver : cela faisait maintenant des jours que je portais les mêmes vêtements et, si ça n'avait tenu qu'à moi, j'aurais même dormi avec mes chaussures. Mon hygiène personnelle se résumait désormais à me brosser les dents au torrent. À sept heures, Kanjiroba était couverte de givre, roulée en boule en bordure du camp, à guetter le soleil. Les mulets broutaient l'herbe brûlée par le gel, le torrent crépitait : la couche de glace en surface s'étiolait et se cassait, puis tombait dans l'eau et était emportée par le courant. Cette eau de fonte entre les lèvres me réveilla en un éclair.

Pendant la montée je demandai à Remigio de me raconter le feu qu'ils avaient fait, trois soirs auparavant. Je regrettais vraiment de ne pas en avoir été. Il racontait bien les histoires, et j'aimais l'écouter : chez nous aussi, il nous arrivait souvent de partager des moments de marche comme ça.

« C'est Kanzah, le frère de Sete, qui a fait le feu, commença-t-il. Tu te rappelles le froid qu'il y avait ?

— Bien sûr !

— Même les porteurs avaient froid. Dès qu'ils ont vu les flammes, ils ont tous rappliqué.

— Et toi aussi ?

— Non, d'abord je suis allé chercher du bois. J'en ai trouvé peu, des rameaux secs, quelques racines. Je me suis dit, ça se fait pas de venir les mains vides au feu d'un autre.

— Ça me paraît correct, c'est l'usage en montagne ?

— Je sais pas, c'est ce que je me suis dit.

— Je pourrai l'écrire cette phrase ?

— T'écris ce que tu veux.

— Et après ?

— C'était beau, parce qu'autour du feu il n'y avait plus de différences entre nous. Ça a peut-être duré une demi-heure, même pas. Je tendais les mains avec eux et je pensais : ah le feu ! C'est à ce moment-là que j'ai vu que le gamin avait les paumes lacérées par la sangle de la hotte.

— Qui ça, Darma ?

— C'est comme ça qu'il s'appelle ? Je suis allé chercher des pansements et les ai mis sur ses plaies. Il était tout content.

— C'est pour ça que tu m'as appelé.

— Oui, mais t'étais trop mal en point. »

Le long du sentier, il réfléchit à ce qu'il pouvait ajouter, et finit par dire : « Tu sais ce qui change le plus entre la montagne de mes souvenirs et celle-ci ?

— Non, quoi ?

— Eux ils sourient. Je revois ma mère, ma tante devant les premiers touristes qui passaient. Je revois leur visage fermé, elles ne leur adressaient même pas la parole. Eux, ils ont toujours le sourire.

— Tu veux dire qu'ils sont plus accueillants ?

— Ou plus heureux. Chez nous il y avait beaucoup de colère, ici je n'ai rien vu de tel. Mais peut-être que je n'ai pas su bien regarder. »

La montée était douce, il n'y avait pas un souffle de vent, et même si ce ne fut pas facile, j'atteignis le col sans trop souffrir. Là-haut, à 5500 mètres, la face nord du Dhaulagiri apparut devant nous : une centaine de kilomètres de glaciers, de crêtes, d'éperons, de sommets au-dessus de 7000 mètres. D'où nous étions je n'arrivais pas à croire que quelqu'un ait pu imaginer un jour l'escalader.

Derrière cette chaîne il y avait le Népal en pleine transition, un petit pays écrasé entre l'Inde et la Chine, toujours plus confiné à la périphérie des autres ; de l'autre côté, « en retard sur l'histoire », écrivait Peter, il y avait le Dolpo et il y avait nous. Les petits drapeaux déchirés envoyaient des prières au vent. On avait beau chercher, il n'y avait aucun autre signe de présence humaine à la ronde.

Je restai là-haut un moment pour profiter du soleil de midi. Couché au milieu du col, je laissais mon cœur et mes poumons ralentir, quand j'entendis des voix de femmes approcher. Un rire de fille, y a-t-il musique plus joyeuse au monde ? J'ouvris les yeux : elles étaient trois, et venaient de monter par une pente qui, vue d'en haut, donnait le vertige, mais elles bavardaient entre elles et, après avoir posé leur hotte, remettaient de l'ordre dans leurs cheveux et dans leurs jupes comme après une petite course. Elles me regardaient et, visiblement, je les amusais. Mon drapeau pacifiste déclenchait l'hilarité depuis que je l'avais accroché à mon sac à dos. L'une d'elles me parla en montrant ses lèvres et je ne comprenais pas ce qu'elle me demandait : un mot ? un baume à lèvres ? un baiser ? Elle avait faim, pensai-je, et je lui cédai volontiers mon repas : un œuf dur, un chapati, un bout de fromage de yack. J'avais beau être affaibli, l'altitude me faisait passer l'envie d'avaler quoi que ce soit et je n'en pouvais plus de manger des œufs. Elle accepta mon cadeau surprise, le partagea avec ses amies. Merci, me dit-elle d'un hochement de tête. Non, merci à vous, répondis-je.

Nous faisions le dernier tronçon avec des charpentiers de Charka, deux hommes et une femme chargés d'outils qui, le soir, bivouaquaient à deux pas de notre campement. Nous dormions sous tente, eux dans les abris en pierre des bergers ; nous dans des sacs de couchage conçus pour des températures allant jusqu'à vingt degrés en dessous de zéro, eux emmitouflés dans des couvertures en laine. Au cours des trois jours qu'il nous fallut pour quitter le plateau, nous franchîmes une crête qui n'était pour moi qu'un énième pli de la montagne mais qui devait avoir pour eux une signification particulière : ils s'arrêtèrent à côté d'un tas de pierres de prières, posèrent leur hotte et allumèrent un petit feu de genévrier. Le bois encore vert faisait plus de fumée que de flammes, cette fumée odorante qui, maintenant je le savais, me rappellerait toujours le Dolpo. Les charpentiers marchèrent dedans, restèrent un moment dans la fumée, la firent se lever en faisant de grands gestes, la respirèrent en récitant le mantra *Om mani padme hum.* Om ! Le joyau au cœur du lotus ! Hum ! La fumée semblait représenter quelque chose comme un seuil. Après leur passage, le genévrier continua de brûler et nous le traversâmes à notre tour. « *So, so, so* », murmura Sete. « *So, so* rock'n'roll » fut la version de notre cuisinier, une annonce de la fête qu'il ferait à son retour en ville.

Nous étions nombreux à prendre des photos avec nos téléphones que nous rechargions à l'aide de petits panneaux solaires. À force, nous avions fini par oublier leur fonction première. Nous ne captions aucun signal sur le plateau, mais ce n'était pas le cas dans la vallée où nous descendions, et nous n'eûmes qu'à franchir une autre crête pour que les sacs de mes compagnons de route se mettent à envoyer une rafale de sonneries. Nous nous regardâmes pendant qu'ils recevaient les messages accumulés en un mois de silence. Messages, e-mails, notifications, appels en absence. Bon retour dans le désert du réel, pensai-je. Nous réintégrions le réseau, le monde, le temps, et je sentais que ce monde hors du temps, le thé du moine dans l'ermitage au-dessus du gouffre, mon *Léopard* froissé et annoté dans le sac commençaient déjà à perdre de leur sens. Qui a vu le mont Kailas du haut de la cime inviolée de la Montagne de Cristal ? Mon koan n'était rien d'autre qu'une phrase à tee-shirt bonne pour les étals de Katmandou.

« La belle clarté dont [la lune] illumine la vie à Shey se réduit rapidement », notait Peter sur le chemin du retour, avant de reconnaître la nécessité de la perte : « La transparence elle-même [...] peut être un obstacle si tu t'y attaches. Évite de t'attarder sur la Montagne de Cristal. »

Le dernier des seuils fut un arbre, un cèdre de l'Himalaya poussiéreux et rêche. Je n'en avais plus vu depuis le lac de Phoksundo et j'en fus si touché que je m'arrêtai pour le dessiner. Pendant que je lui tirais le portrait, je remarquai qu'au-dessus du cèdre des nuages pointaient derrière le Dhaulagiri. Des nuages ! Les nuages et l'arbre étaient liés. Je me retournai pour voir la pente derrière moi : un dénivelé de plus de 1000 mètres jusqu'au plateau. J'avais déjà remarqué les escarpements verdoyants où paissaient les moutons bleus. Les moutons bleus étaient les sentinelles du Dolpo, le cèdre et le nuage son dernier seuil. Et le léopard des neiges était quelque part là-haut pour me rappeler que tout ce qui existe n'est pas forcément visible, qu'on ne peut pas tout comprendre, tout saisir et emporter avec soi. « Et ne pas le voir me satisfait », écrivait Peter. Je laissais derrière moi quelque chose que je n'avais ni vu ni touché mais dont j'avais été suffisamment proche pour sentir la présence. Voilà ce qu'on ressent lorsqu'on descend de la montagne. Je fermai mon carnet et passai sous les branches du cèdre, direction le fond de la vallée.

L'ARBRE OÙ FINIT LE DOLPO

Kanjiroba disparut à Kagbeni, la petite ville à l'embouchure du Mustang que nous atteignîmes aux premiers jours de novembre. Le Mustang est une région bien fréquentée mais la saison des trekkings touchait à sa fin, et presque tous les petits hôtels de cette bourgade étaient vides, des taudis improvisés aux belles pensions de bois, l'air toujours un peu hippie du Népal des temps passés, comme celle que nous nous offrîmes pour notre première nuit dans un lit.

Sous la douche, j'éclatai d'une joie pure, je riais, je riais, je riais de cette eau chaude qui coulait sur moi et de mon corps qui retrouvait sa sensibilité, et était encore capable d'éprouver du plaisir. Depuis que nous étions repassés sous la barre des 3 000 mètres, il avait faim et soif, et ce soir-là je ferais une entorse à mon régime végétarien pour un bifteck de yack de deux centimètres d'épaisseur, un rôti de pommes de terre de montagne, une bouteille de vin rouge australien, une nuit enfin réparatrice jusqu'à tard le matin.

Mais avant d'aller dîner, je sortis faire un tour et vis que Kanjiroba n'était plus là : elle n'était pas roulée en boule devant l'entrée de la pension, elle ne déboula pas d'une cour ou d'une ruelle comme elle le faisait toujours dans les villages. Kagbeni n'est pas une ville, mais plutôt une poignée de maisons éparses entre lesquelles motos, troupeaux de moutons, chiens errants, quatre-quatre circulent le long de chemins de terre boueux, avec les porteurs et les mulets des caravanes. J'achetai une bière dans une échoppe et allai la boire près du pont qui surmontait la rivière : d'un côté, il y avait le sentier par lequel nous étions descendus, de l'autre, cette bourgade qui ne ressemblait à rien, et en contrebas, la rivière qui venait du Mustang, la grande Kali Gandaki. Au sud, elle passait entre le Dhaulagiri et l'Annapurna comme entre deux immenses piliers, et les habitants de Kagbeni devaient lui avoir assigné un caractère sacré puisqu'il y avait un bûcher tout près du pont. Le cadavre brûlait depuis longtemps déjà, et les personnes qui s'occupaient de la cérémonie dispersaient les cendres dans la rivière. Au Népal, il n'y a jamais de veuve éplorée, de cortèges d'hommes vêtus de noir, de signes de deuil ou de chagrin pendant les crémations, il n'y a que la vie qui continue, les motos, les stands, les gens qui discutent, alors on avait tout autant notre place, ma bière et moi, sur ce pont. Les cendres du cadavre tombaient dans la Kali Gandaki et étaient emportées par le courant, c'était de la matière qui réintégrait le cycle, que le feu rendait à l'eau, à la terre, à l'air. Au bout de cinquante jours, le souffle vital qui avait habité ce corps réapparaîtrait sous une autre forme, peut-être un enfant, un oisillon ou un chiot.

J'observai un à un les chiens errants qui passaient dans les rues de la bourgade, au bout d'une demi-heure j'en avais fait le tour mais sans résultat, Kanjiroba n'était pas là. Elle n'était pas avec nos porteurs qui avaient installé leur campement dans une cour, ni au milieu des meutes de chiens noirs qui fouillaient les ordures, ni en compagnie de quelque mâle au détour d'une ruelle. Peter, dis-je, où es-tu passé, tu as fait demi-tour ? Tu es déjà reparti pour Shey, tu rentres déjà chez toi ? Quarante ans, pensai-je. Mes amis m'attendaient et je me dis que ma vie aussi allait bientôt recommencer. Puis je rebroussai chemin jusqu'au pont et finis de regarder ce corps sans vie qui se consumait.

AUBE SUR LES MOULINS À PRIÈRES
ET LA MONTAGNE DE CRISTAL

Fontane, 2018

Merci à Adriano et Fausta, amoureux du Népal. À Luca, Pierluigi, Beatrice, Patrizio, mes compagnons de route. À Stefano et Remigio, que notre amitié nous porte toujours un peu plus loin. À Sete, Lakba, Kanzah, Suren, Sangeh, Subash, Kailas, Darma : c'était un honneur de faire un bout de chemin avec vous.

Mon soutien à Sanonani et CasaNepal, aux enfants et aux femmes de Katmandou.

Ce livre est pour Nic-Double-Gourde, pour les dessins qui viendront, et à la mémoire de notre maître Tiziano, qui nous a guidés jusqu'à l'Himalaya.

Tashi delek

Table

Du même auteur :

Sofia s'habille toujours en noir, Liana Levi, 2013 (nouvelles)

Le Garçon sauvage, carnet de montagne, Zoé, 2016 ; 10/18, 2017

Les Huit Montagnes, Stock, 2017 (prix Médicis étranger 2017) ; Le Livre de Poche, 2018

PAPIER À BASE DE FIBRES CERTIFIÉES

Le Livre de Poche s'engage pour l'environnement en réduisant l'empreinte carbone de ses livres. Celle de cet exemplaire est de :
200 g éq. CO_2
Rendez-vous sur www.livredepoche-durable.fr

Composition réalisée par PCA

Achevé d'imprimer en août 2021 en Espagne par
LIBERDUPLEX
Dépôt légal 1re publication : septembre 2021
LIBRAIRIE GÉNÉRALE FRANÇAISE
21, rue du Montparnasse – 75298 Paris Cedex 06

33/8961/2